徳間文庫

沈黙の目撃者

西澤保彦

徳間書店

目次

沈黙の目撃者

おかしい……なにか、が。

なにか、変だ。現場へ足を踏み入れた塙反幟流《はねさかのぼる》はふと、そんな違和感を覚えた。それも強烈に。

ぐるりと周囲を見回す。何度も訪問したことのある麻薙《あさなぎ》家のリビング。続きになったダイニングで、いま鑑識課員が前屈《まえかが》みでカメラのフラッシュを焚《た》いている。

そのレンズが向けられているのは、床に横臥《おうが》する麻薙良雄《よしお》の遺体だ。すぐ傍《かたわ》らのダイニングテーブルの下を覗《のぞ》き込もうとでもしているかのような姿勢で。

「……まさか、こんなかたちで再会することになるとは、な」と、同僚の捜査官たちは揃《そろ》って囁《ささや》き声で合掌した。「現職中ならまだしも、退職した後で、とは」

現場検証中の捜査官たちに混ざって遺体に合掌しながらも、塙反はなかなか違和感を払拭《ふっしょく》できない。しかし、なにが？　いったいなにが、それほど変だというのだろう？　室内に当然あるべきものが見当たらないとか、そういうことなのか？

「頭部に裂傷があります」と、捜査官のひとりが、遺体の傍らに転がっている醤油《しょうゆ》の瓶を指さした。「おそらくそれで、麻薙さんを殴打し、抵抗力を奪っておいてから、首を絞めたものと——」

ポロシャツに短パン姿の麻薙の首に巻きついたままの、男ものとおぼしきベルトを見ながらも塙反は半分、上の空だ。

最後にここを訪れたのは、そうだ、あれは先月だった。時間が空いたら、ひさびさに飯でもいっしょにどうだ、と麻薙から電話がかかってきたのだ。てっきり、どこか外へ食べにゆくものと思ったら、退職して二年、そのあいだにすっかり腕を上げたという麻薙に手料理を振る舞われた。ここで。まさに、このダイニングで。

塙反は、対面式になったキッチンを見てみた。第一発見者である隣人が麻薙家の異状に気づいたというのが、今日の午後六時頃。時間帯からして、麻薙は夕食の準備をしていたものと思われる。

流しの横に置かれた俎《まないた》には、ネギやミョウガ、紫蘇《しそ》の葉などが刻みかけのままだ。素《そう》麵《めん》の束が袋から取り出されているところを見ると、今夜はさっぱり、簡単にすませるつもりだったらしい。

あまり食欲がなかったとしても、むりはない。七月の後半に入ってから、ずっと猛暑日が続いている。俎の横にはプルタブを抜いたエビスビールのロング缶が一本、そして透明のビアマグがあった。把手《とって》が半円形で、全体の形状も丸っこい。

塙反は再び周囲を、ぐるりと見回した。先月、ここへ招かれたときと比べて、どこがちがう？　ぱっと見、内装はなにも変わっていないようだが……いったいなんなんだろう、この尋常ならざる違和感は。

現役中も退職後も公私ともに世話になった先輩が自宅で何者かに殺害されるという、これ以上の衝撃と喪失はおよそ他にあり得ないほど苛烈《かれつ》な現実を目《ま》の当たりにしながらもなお、ややもすると気がそぞろになりがちな自分がいる。

そんな自分が塙反は不可解で、そして腹だたしかった。先月、この家へ招かれたのは、もしかしたらふたりの誕生会の意味合いもあったのかもしれないと、いまごろになってやっと思い当たるのも間抜けすぎる。

麻薙は塙反より、ちょうどひと回り上で、同じ六月生まれだ。そのときは特に話題にならなかったので、いまのいままで気にも留めていなかったが、麻薙は先月、六十歳になったところだった。

還暦を迎えたばかりだったのに……極力、感情が顔や態度に顕《あらわ》れぬよう意識しながら、塙反はリビングを出た。捜査主任は、優秀だが、いささか頭の固いキャリアだ。塙反があまりにも私情を剝《む》き出しにしていたら、今回の捜査から外されることだって決してあり得ない話ではない。

廊下を挟んだ和室で、いま第一発見者の事情聴取が行われている。隣りの家に住む石塚《いしづか》敦子《あつこ》という、五十代とおぼしき主婦だ。

女性刑事のほうが当たりが柔らかかろうという判断で、もっぱら与那原比呂《よなはらひろ》が質問している。ショートヘアで雰囲気もマニッシュなため、十人が彼女を見たら十人とも同じイメージを抱くだろう――まるで宝塚の男役トップスターみたい、と。

「……たまたま、ほんとにたまたま、なんですけど、今日は窓を開けっぱなしにしていたんですよ」隣人の他殺体に遭遇したショックがまだ癒《い》えないらしく、敦子の声は、しゃっくりのように上擦りっぱなしだ。「このところ暑くてあつくて毎日まいにち、エアコン、つけっぱなしだったんで、すっかり身体《からだ》の調子がおかしくなっちゃって。一日くらいは控えなきゃ、と。もちろん、節電のためでもありましたけど」

どうやら普段から前置きの長いタイプらしく、本題に入るまでの長い道程を予感させたが、比呂は特に敦子を急《せ》かすでもなく、穏やかに相槌《あいづち》をうってみせる。

「多分、麻薙さんも窓を開けていたと思うんですよ。いつだったか、エアコンは苦手だ、みたいなこと、おっしゃってたことがあったし。だけど、これがあつくて暑くて。扇風機を回してもまわしても、むし蒸しむし蒸し。そよとも涼しい風が通らない。もう、なんにって買い物でもする気にならない。どうせ主人も子供も今日は留守なんだから、晩ご飯、お惣菜《そうざい》でも買ってこようかなあと思っていたら、どたん、とかって。変な音がして」

「どういう音でしょう、具体的には」

「うーんと。なにか重いものが落ちた、みたいな？　あたし、最初、それ、うちのなかから聞こえたと思ったんですよ。でも、音がしたのはどうもお隣りさんからだったような気がして、あ、そうだ、そういえば、窓、開けてたんだっけと、麻薙さんちのほうを窺《うかが》おうとした、そのとき……」敦子は、なにかを喉《のど》に詰まらせたかのような、胸もとを掻《か》き毟《むし》る仕種《しぐさ》で間をとった。「そのとき、もう、すさまじい悲鳴がしたんです」

「それは麻薙さんの？」

「いいえ、きゃーッ、ていう。あれは女の声だったと思います」

「女？　しかし、麻薙さんはたしか、独り暮らしだったはずでは」

「ええ、そうですよ。でも、あれはまちがいなく女の声だった。あ、でも、麻薙さんを襲った犯人のものでもないと思いますよ。だって、やめてーッ、お父さーんッ……って。それはそれは悲痛な叫びで」

　ちょうどそのとき、塙反と比呂の眼が合った。無言で促されるようなかたちになり、塙反は、ひとつ咳払《せきばら》いし、訊《き》いた。

「それはつまり、例えばですが、現場には犯人の娘が居合わせていて、彼女は犯行に及ぼうとする父親を止めようとした、とか？　そういうことでしょうか」

「うーん、そういう感じでもなかった。あれって、どっちかというと、麻薙さんのほうのお嬢さんが救《たす》けを求めてたような。だって、誰か来て、とか、お父さん、逃げて、とか、そんな声も……でも」ふいに敦子の声が萎《しぼ》んだ。「そんなはずは……ね、ねえ、そんなはず、ないですもんね」

そう。そんなはずはない。絶対に。麻薙のひとり娘、古都音《ことね》は一年前、死去している。比呂と同い歳《どし》だから、享年二十八の若さだった。死因は明らかにされていないが、自身と父親の境遇を悲観しての自殺だったのではないか、と言われている。

二年前、古都音は交通事故が原因で、車椅子生活を余儀なくされることとなった。定年を前に麻薙が退職したのは、早くから妻に先立たれていて、ひとり娘の介護をする者が他にいなかったからである。

「で、でも、でも……」いまにも弾《はじ》け飛びそうなほど、敦子は両眼を剝いた。「でも、思い返せば思い返すほど、なんだかあたし、あの声は古都音さんのものだったような気がしてきて、い、いえ、そんな、そんなばかな、そんなばかなことは絶対にないんだけど、でも……でもお、や、やっぱり、あれは古都音さんの声だったとしか」

顔面蒼白《そうはく》で自家撞着《じかどうちゃく》に陥《おちい》る敦子をなだめるかのように、比呂が質問役に戻った。

「ともかく、悲鳴を聞いて、これはただごとじゃないと、あなたは急いで、ここへ駈《か》けつけてきたわけですね。玄関の鍵は開いていましたか？」

「ええ。麻薙さーん、だいじょうぶ？　と声をかけておいてから、ドアを開けました。返事がないので、上がろうとしたら、見慣れない靴があって……」

「靴？　見慣れない、というと、明らかに麻薙さんのものではないと？」

「改めて念を押されると自信がないけど、でも、いつも必ずといっていいほど、玄関にはサンダルが一足、きれいに揃えられているだけだったから。靴が脱ぎっぱなしになっているところなんて、少なくともあたしは一度も見たことがない。きっと、帰宅したらその都度、靴箱にちゃんと仕舞っていたんですね。几帳《きちょう》面《めん》だなあと、回覧板を持っていったりするとき、いつも感心していました」

　敦子の証言通り、玄関には麻薙のものとはサイズがまったく違う、くたびれた男物の革靴が一足、ハの字のかたちで脱ぎっぱなしになっていた。

「……ということは、おそらく犯人は麻薙さんの顔見知り、だな」

　敦子を事情聴取から解放し、塙反と比呂はリビングのほうへ戻った。麻薙の遺体は、すでに運び出されていて、床に白い、ひと形の輪郭だけが残されている。

「正々堂々と玄関から上げてもらっているわけですもんね。そして麻薙さんも、その人物をリビングまで通している。夕食の準備中だったにもかかわらず、です。これって、けっこう重要なポイントなんじゃないですか、ハナさん?」

数年前、初めて同じ班に配属された際、比呂は塙反の名前を見て、「えと、ハナワハンさん、ですか?」と真顔で訊いてきた。「ハネサカだよ」と訂正したのに、よっぽど憶《おぼ》えにくいツボにでも嵌《は》まったのか、爾来《じらい》ずっと「ハナさん」でごまかし、押し通してくる比呂である。塙反も、もうすっかり諦め、お返しとばかりに彼女のことを「ヒロ」と呼び捨てにしている。たとえ目下の者であってもひとは常に苗字にさん付けで呼ぶ塙反が特定の女性の同僚を呼び捨てにするとは、さてはあのふたり、怪しいんじゃないのかという噂《うわさ》が一時期、流れたが、比呂の同居人の素性が公然の秘密となったいまでは、すっかり過去の笑い話となっている。

「単に面識があるというだけじゃない、相当親しかった人物のはずです。てことは、麻薙さんの交友関係を調べたら、案外簡単に容疑者を絞り込めるかも」

「うむ。おそらく犯人にもその自覚はあったはずだ。従って、殺害現場をこのままにしていったらまずい、とも思っていた。当初の段取りとしては、麻薙さんを殺害した後、強盗が侵入したかのような偽装でも施しておくつもりだったんだろう」

「しかし、悲鳴を聞きつけた隣人が駈けつけてきたものだから、そんな暇はなくなってしまった。偽装工作どころか、自分の靴を回収する余裕もなく、逃げ出した。多分、一旦《いったん》庭へ出て、裏へ回るというルートで」

「凶器に使ったベルトも、おそらく犯人自身のものだろう。しかも、べったりと指紋が付着したままだぜ、きっと」

「どうしてそうだと判《わか》──あ、そうか。この暑さですもんね。手袋なんかして、やってきたら、麻薙さんに不審に思われる」

「犯行後、ベルトも回収してゆくつもりが、不測の事態に、泡を喰《く》って逃げ出すのがせいいっぱいで、証拠品を山ほど残してゆくはめになったってわけだ」

「感謝すべきはその、悲鳴を上げて異状を隣人に知らせてくれた女性の存在ですね。ん。あれ？　でも、てことは、麻薙さんが独りじゃなかったのに、犯人は敢《あ》えて犯行に及んだんだ。ずいぶん大胆な」

「そのとき、彼女は座を外していた。どこか別の部屋にいたんだろう」

「なるほど。しかし、その女性、何者なんでしょう」

「第一発見者の石塚さんにも気づかれぬうちに現場から立ち去った、ということは、例えばだが、麻薙さんとの関係が世間に暴露されると、なにかとまずい立場の女性だった、のかもな」

「不倫とか、そんな色っぽい話？　って、なんだか麻雀さんらしくないな」

「おいおい、ヒロ。いくら元同僚だからといって、麻雀さんのことをおれたちが、なにもかも知っているわけじゃないんだぜ」

「そりゃあ、そうですけど。なんとなく納得いかない」

「そういえば先月、ここへ招《よ》ばれて、いっしょに食事をしたんだが……」現場検証中にこんな雑談を交わしている自分を不謹慎に感じる塙反だったが、黙ると取り乱しそうな気もした。「麻雀さん、なぜだかしきりに、おれの私生活のこと、訊いてきたな」

「私生活って、どういう？」

「交際している女性はいるのか、とか、誰かと同居していたりしないのか、とか。要するに、そういうこと」

「へえ？　なんだか意外ですね。麻雀さんがそんな詮索《せんさく》をするなんて」

「おれが女にも男にも興味ないってことは、さんざん言ってきたつもりなんだが、どうやら適当に聞き流されていたようだな。あるいは、自分みたいに還暦になって独り暮らしとかにならないよう、早く結婚させておかなきゃとか、老婆心でも芽生えたのかもしれないが。どうも、らしくなかったな。いつになく根掘り葉掘り。酔っぱらっているわけでもないのに……」

うっ、と塙反は呻《うめ》いた。慌てて小走りで、キッチンへ入る。

「ど、どうしたんです、ハナさん？」

「こ……これは」

塙反は俎の横の、ビアマグとヱビスビールのロング缶を凝視した。そ、そうか。これ、か。ようやくあの強烈な違和感の正体に思い当たった。これ、だったのか。ずっと視界に入っていたのに、どうしていままで思い当たらなかったんだ。麻薙が殺害されたことに、自覚する以上に動揺していたせいか。

「……な、ヒロ。麻薙さんて、飲めなかったよな、ただの一滴も？」

「ええ、も、全然」比呂も驚いたのか、眼を瞠《みは》っている。「あたしも下戸《げこ》だけど、比べものにならないくらい。ワインを一滴、舐《な》めただけで昏倒《こんとう》したとか、うっかり粕漬《かすづ》けを食べて救急車を呼ばれた、なんて極端な伝説もあったほどで」

「じゃ、じゃあ、どういうことだ？　どうしてこんなものが、ここにある？」

「だから、これはその、問題の素性不明の女性訪問者のために――」

「そんなわけはない。よく見てみろ。訪問者のために用意したのなら、ダイニングテーブルに置かれているはずだ。あるいは対面式のキッチンカウンターか。そのどちらかだ。なのに、ここ。俎の、すぐ横。これはどう見ても、夕食の準備をしながら一杯やっていた、という構図で」

「夕食の準備をしていたのは麻薙さんじゃなくて、訪問者の女性のほうだった……ていうのは、あり得ない、か」

「あり得ない。だとしたら彼女、犯行時、ここにいたことになる。それとも、第三者がすぐ眼の前にいるのに、敢えて犯行に及ぶほど無謀な犯人だったのか？」

「ひょっとして麻薙さん、退職してからアルコールを嗜《たしな》むようになった、とか」

「それもない。先月、会ったときだって、一滴も飲まなかった。なのに……なのに、どうして？」

＊

「――民生委員の軒部《のきべ》ともうします。どうもお忙しいところ、ご足労いただきまして、恐縮です」

どうぞ、おかけください、と角刈りでメガネをかけた中年男性は塙反に椅子を勧めた。軒部の妻だろうか、盆を持った中年女性が応接間に入ってきて、コーヒーテーブルにコップを二個、置く。冷えた麦茶だ。

コップを手に取ろうとして、ふと塙反は、コーヒーテーブルの上の白木の箱に眼を留めた。最初に見たときは気づかなかったが、側板の底に近い部分に〈KOTONE〉と彫ってある。コトネ……って、古都音さん？　麻薙さんのお嬢さんの？　え。これ、骨壺《こつつぼ》じゃないだろうな？　思い当たってみると、形状やサイズが、いかにもそれっぽいが……まさか。まさか、な。

「いま、わたしども、町内会で、麻薙さんの遺品の整理を始めたところなんですが」中年女性が退室するのを待って、軒部は切り出した。「その後、捜査のほうはいかがでしょうか。なにか進展は？」

「実は、はかばかしくありません」声音に苦いものが滲《にじ》み出ないように気をつけながら、塙反は首を横に振った。「未《いま》だにこんなご報告しかできないのは、まことに忸怩《じくじ》たるものがあります。面目ない」

麻薙良雄が殺害されてから、早くも一ヵ月が経過していた。もう八月だ。相変わらず暑い日が続いている。

塙反の予想に反して、凶器のベルトからも、醬油瓶からも照合可能な指紋は検出されなかった。遺留品である革靴からも、犯人の素性を特定できそうなデータはなにも得られていない。

「強盗とかではあり得ない。犯人は絶対、麻薙さんと面識のあった人物のはずで、生前の対人関係のトラブルなどを中心に調べれば、すぐに容疑者も絞り込めると思っていたのですが……」

「およそトラブルなどとは無縁のおひと柄でしたからね。もっとも、生前のご職業がご職業だ、犯罪者に逆恨みされるとか、そういうことでもあったのかも」

比呂が指摘した通り、夕食の準備中だったにもかかわらず麻薙がわざわざリビングへ通したくらいだから、その線は多分ない、と塙反は思ったが、ここでそんな議論をしても始まらない。

「ところで、軒部さん、今日はどういったご用で？　なんでも、わたしじゃないと駄目、みたいなお話と伺いましたが」

「おっと。失礼しました。さきほども言ったように、いま麻薙さんの遺品の整理をしているところなんですが」

「ご苦労さまです。身寄りのいない方が亡くなると、ご近所のみなさまもいろいろとたいへんですね」

「いや、実はわたしたちも知らなかったんですが、麻薙さん、他県在住の妹さんがいるそうなんです。が、嫁いで三十年、その間、一度も高和《こうわ》へ帰省したことがないらしい。きょうだい仲が悪かったのかなんなのか、詳しい事情はよく判らないんだが、先日、司法書士を通じて、正式に相続権放棄を通達してきましてね」

麻薙に妹がいたとは、塙反もいま初めて知った。だとすると生前、本人が一度も話題にしなかったのはかなり不自然で、なにかよほど複雑な事情があるのだろう。

「どうやら麻薙さんもそのことを見越しておられたようで、遺品の整理に関しては、もうしわけないが町内会のみなさまにお願いしたいと遺書にありました。たいていのものは適当に処分してくれてかまわないとのことですが、ひとつだけ――」

と、軒部はおもむろに白木の箱を手もとへ引き寄せた。上蓋《うわぶた》を開ける。そこから取り出したものを見て、塙反は少し戸惑った。ビアマグだ。透明で、丸っこい形状の。半円形の把手にも見覚えがある。これは。

「これ……もしかして、麻薙さんの？」

「そうです。なんでも、特注品だそうで」

「え？　特注品？」

「あれは、えと、いつだったかな、去年の、古都音さんが亡くなられた直後だったと思いますが。ある夜――」

トイレに立った近所の住民が、窓越しに偶然、真夜中にもかかわらず、自宅を後にする麻薙の姿を目撃したのだという。

「わたしは自分では見ていないのですが、その方がおっしゃるには、麻薙さん、大きなショルダーバッグと、それからちょうど、これくらいのサイズの」と、木箱を示す。「箱のようなものをかかえていた、というんです。それがまるで……」

骨壺ではないか……目撃した住人は、とっさにそう思ったという。

「ひょっとして、お嬢さんの遺骨を持って、どこか、死に場所を探しにゆくつもりなのではないか……そんな不穏な予感にかられたそうです。が、ことがことだけに、うっかり無責任なことは口にできない。しかし二日経《た》っても、三日経っても、麻薙さんはいっこうに帰宅する様子がない。ついにその方は我慢できなくなって、町内会長さんに、警察に捜索願を出したほうがいいのではないかと言い上げた。その矢先に――」

麻薙は帰ってきたのだという。いま軒部の手もとにある、白木の箱を持って。

「無事に戻ってきたんだから、いたずらに咎《とが》めても仕方がない。しかし、どうも気になって町内会長さん、どこか旅行にでもいかれていたんですかと、さりげなく訊いた。そしたらこの箱を見せて――」

このビアマグを、つくってもらいにいってたんです――麻薙は笑顔で、そう答えたのだという。

「詳しい場所は聞かなかったそうですが、なんでも、山のほうに、知るひとぞ知る工房があるとかで、わざわざそこで――」

「しかし……」塙反は狐《きつね》につままれたような気分だ。「なぜ麻薙さん、こんなものを特注したりしたんでしょう？　お酒なんか、飲まないひとだったのに」

「そのこと、会長さんも不思議がって。町内会の集まりでも、ビールに限らず、麻薙さんがアルコールに口をつけるところなんて一度も見たことがないのに。思わず、おや、いつから嗜まれるようになったんですか、よかったら今度ごいっしょしましょう、と言うと、いやいや、飲むわけじゃなくて、これは飾っておくだけです、と答えたんだとか。しかしどうも、麻薙さん、ほんとうはお飲みになられていたようですね」

キッチンの流しの下の収納には、ビールの空き缶でいっぱいのポリ袋があった。銘柄はヱビスで、事件当日、キッチンの俎の横にビアマグといっしょに置かれていたものと同じだ。

「もしかしたら自分ではなくて、訪問者に振る舞われていたのかも……」

「かもしれませんが、うーん、あれほどの量を消費するくらい、頻繁に麻薙さん宅を訪れていた方なんて、いるのかなあ。それはともかく、これを――」と、軒部は木箱を、ずいと塙反のほうへ差し出した。「引き取っていただきたいのだそうです」

「え……わたしが、ですか？」

「はい。遺書にそうありました。他の遺品はどうでもいいが、このビアマグだけは専用箱ごと、元同僚の塙反氏に引き取ってもらいたい、と。しかも、品物を取り違えないようにとの配慮でしょうか、ごていねいにも写真付きの指示で」

麻薙の遺書、そしてスナップ写真を二枚、軒部は塙反に示した。ビアマグと専用箱の写真を見て、塙反はただ困惑するばかりだ。なぜこれを、おれに……？　不可解で仕方がなかったが、遺書の文章は故人の強い意思を窺わせる。

「あ。言うのを忘れていましたが、ただし、引き取っていただくのは、麻薙さんが亡くなられた時点で塙反さんが未婚、独り暮らしである場合に限る、と」

たしかに末尾に、『そうでない場合は、むりに引き取っていただかなくてもよい』とあるが、いったいどういうつもりでこんな変な但書《ただしがき》を付けたのだろう。

「最初に確認しておくべきだったのに、すみません。塙反さんは、いま――？」

「ええ。独り暮らしですし、結婚もしておりません」

そういえば先々月、麻薙家へ招かれた際、私生活のことをずいぶんあれこれ訊かれたのは、もしかしてこの遺書の内容がらみだったのか？

「それから、この箱ですが、こういう仕組みになっていまして――」と、軒部は〈ＫＯＴ

ＯＮＥ〉と刻まれた側板を、横へ開いてみせた。現れたのは古都音の写真だ。みつあみにセーラー服姿で、野暮《やぼ》ったいフレームのメガネをかけている。はにかんだように口角を上げたその表情は、痛ましいばかりにあどけない。

これは高校の卒業写真だろうか。そうだ、たしかこの頃だった、おれが古都音さんと初めて会ったのは……そう思い当たり、塙反は胸が締めつけられる。熱いものが込み上げてきて、口から迸《ほとばし》りそうになるのを必死で抑え込まなければならなかった。

「この箱も特注品のようですね。この板、取り外して、そのまま写真立てとして使えるようにもなっているそうです。あと、成人した古都音さんの写真も何枚か重ねて、なかに入れられていますので。こちらも併せて、塙反さんに――」

深い水底に沈んだかのように軒部の声が、どこか遠くで、くぐもって聴こえる。かろうじて頷《うなず》いてみせるのが、塙反にはせいいっぱいだった。

剝き出しというのもなんですからと軒部は妻に丈夫そうな手提げ袋を持ってこさせ、それに専用箱ごとビアマグを入れ、塙反に手渡した。

軒部家を辞去して、しばらく歩く。四軒隣りが、もう麻薙家だ。立入禁止の規制線も、すでに取り外されている。故人の唯一の身寄りである妹が相続権を放棄した以上、この家もいずれ、ひと手に渡るのだろう。

麻薙家の前を通り過ぎる。住宅街を抜けた塙反は、〈きねつき商店街〉というアーチの掛かったアーケードに入った。

大通りへ出るまで、かなり長い距離のある商店街で、昔はそれなりに栄えていたのだろうが、現在は半分ほどが、いわゆるシャッター店舗だ。

〈酒匂酒店〉という看板が塙反の眼に入る。『酒匂』の横には『さこう』とルビが振ってある。洒落《しゃれ》のめしたわけではなく、単に経営者の苗字らしい。が、出入口の半分はシャッターが下りていて、もう半分のスペースを大きな自動販売機が占拠している。

なんの気なしに塙反は、その自動販売機の前で足を留めた。缶ビールや缶酎ハイ、ワンカップ酒など、売っているのはアルコール類ばかりだ。店舗営業を止《や》めた酒匂さん、自販機収入に頼っている、ということなのかもしれない。

エビスビールのロング缶も売っている。ということは、仮に麻薙がひと知れずビールを嗜んでいたのだとしたら、いつもこの自販機で買っていたにちがいない。いちばん近いコンビニまではまだかなり距離があるし。

「――ねえ、臭《にお》うだろ。ほら。ねえったら。ぷんぷん、してるだろ?」

ふいにそんな怒気混じりの声が上がり、塙反はそちらのほうを振り返った。腰の曲がった老婆が、憤懣《ふんまん》やるかたなしといった態《てい》で、シャッターの前に置かれた長椅子の周囲をうろうろ、うろうろしている。

〈酒匂酒店〉の斜め向かいにある店だ。〈華灯飯店〉という看板が掛かっているが、やはりシャッターが下りている。その前の長椅子に座り、うちわを扇《あお》いでいるのはステテコ姿の老人だ。ねえったら、ねえ、臭うだろ、臭うだろ？　と唾《つば》を飛ばしてくる老婆に辟易《へきえき》してか、露骨にそっぽを向いている。

「鼻が、ひん曲がりそうだよ。二階だって、絶対。ちゃんと調べてくれ。二階から臭ってくるんだってば」

見ると〈華灯飯店〉の二階には、かつて別の店舗が入っていたらしい。窓にはカーテンが掛かっている。専用階段の上がり口だろうか、一階のシャッターの横には色違いの、縦に細長いシャッターが下りている。

「絶対、生ゴミだよ。誰か、不心得者が捨てていったんだ。始末に困った生ゴミを、空き店舗のなかに、わざわざ。だから隣りの、あたしんところまで臭ってくるんだ。商売あがったりだよ。なんとかしてくれ。ここ、あんたが持ち主だろ」

もちろん本人にそのつもりはないのだろうが、老婆の甲高《かんだか》い声は部外者の神経をも逆撫《さかな》でする独特の陰湿なトーンを帯びていて、耳障りなことこの上ない。殊《こと》に、こんな蒸し暑いときには。

そういえば生ゴミみたいな臭いがするなと鼻をひくつかせながら塙反は足早にアーケードを抜け、大通りへ出た。歩いて署へ向かいながら、考えるのは古都音のことだ。もうしわけない。父親の無念をいっこうに晴らせず、彼女に対して、ただただもうしわけない。なぜ未だに容疑者のひとりも浮上してこない？ 焦燥感で胸が焼きつきそうだ。初動でそれほど、へまをやったとは思えない。証拠品だって揃っている。なのに、一ヵ月も経って、進展ゼロとは……なぜこんなにも、ないない尽くしなんだ？

このところ、ろくに自宅へ帰れず、慢性の睡眠不足だったが、眠気などまったく感じない。己れの不甲斐《ふがい》なさに、心はいたずらに昂《たかぶ》りっぱなしだ。少しでも冷静になろうと、塙反は手提げ袋に入っているビアマグへと意識を転じる。

麻薙の真意を測りかねた。ビアマグを自分に託したこと自体は、まあよしとしよう。しかし、それほど強い希望だったのなら、先々月に麻薙家を訪問した際、なぜこれに関してひとことも言及しようとしなかったのだろうか？ 自分が死ぬのはまだまだ先だと思っていたにすぎないのか、それとも……。

「――お疲れっす」と、ふいに肩を叩かれ、塙反は我に返った。

いつの間にか署へ戻ってきている。横を向くと、比呂の笑顔があった。

「いま主任に、ひさびさに家へ帰って休んでこいって、言われたところです。ハナさんにもそう伝えとけって。デカ部屋じゃなくて、たまにはのんびり、自宅の風呂で――」

比呂の声が萎《しぼ》んだ。まじまじと塙反の顔を覗き込んでくる。その仕種の意味に、しばしピンとこない塙反だったが、数秒遅れで慌てて、つくり笑いをした。「お、そりゃあ、ありがたいな」という声音のわざとらしさ、そして虚《うつ》ろさに、我ながら驚いた。

比呂は半眼になった。「ハナさん……だいじょうぶですか」

「だいじょうぶ、って、なにが」

「だめですよ、思い詰めちゃ」

「はあ？　お、おいおい、おれは別に、なにも思い詰めてなんか……」

「あれから一ヵ月も経つのに、なんの成果も上がっていないからって、自分を責めちゃだめです。麻薙さんにもうしわけないという気持ちは判りますが、ハナさん独りで捜査しているわけじゃないんだから」

「やれやれ。おれ、そんなに」思わず苦笑いが洩《も》れた。「ひどい顔、してるか？」

「ここが海だったら即、跳び込んでいてもおかしくないですね。おっと、そうだ。ちょうどいい。元気をつけるために、これから美味《おい》しいものでも食べにいきませんか」

「そういや、今日はまだ食事していないな。いいよ。どこへ行くんだ」

「あたしんち」

「え？」

「同居人が、もちろん本職じゃあないんだけど、なかなかのシェフでしてね。さっき電話して、これから帰るって言ったら、じゃあ美味しいもの、たくさんつくって待ってるね、って」

「ちょうどいい、って、そういう意味か。しかし、おれがお邪魔しても、だいじょうぶなのか。つまり、その同居人の彼女、気を悪くしたりしないのか？」

「人数が増えること、断っておかないと叱《しか》られるかもしれないですね。ちゃんと言っておいてくれないから食材が足りなくなった、とかって」と、比呂は携帯電話を取り出し、耳に当てた。「――あ、紗夜《さよ》さん。あたし。さっきの話のこと。うん。これから帰るけど、お友だちを連れていってもいいかな。うん。そう。ひとりだよ。えと――」もの問いたげな眼で塙反を見て、くいっと杯を傾ける真似をしてみせる。塙反が頷くと、にかっと笑った。「喜んでお相伴してくれるそうですよ。よかったね、紗夜さん。はい。よろしくう。じゃ、後で」

自分のことを比呂が「同僚」ではなく「お友だち」と表現したことに、塙反は少し遅れて思い当たった。

「おっけー、です。あたしの車で行きましょうね」駐車場へ向かいながら携帯を仕舞い、塙反が持っている手提げ袋を指さした。「ところで、なんですか、それ?」

「麻薙さんの遺品だ。形見分け——というのかな、こういうのも。麻薙さんが遺書で、ぜひともおれに引き取ってもらいたい、と」

「へえ?　それはそれは、さぞかし思い入れのある——」

「いや、実は、わけがよく判らないんだが。それはともかく」と、助手席に乗り込み、前方を指さした。「お宅へ行く前に、スーパーかどこかへ寄ってくれ」

「なにかお買い物ですか」

「おいおい。手ぶらでお邪魔するわけにはいかんだろ、いくらなんでも」

「そんな、気を回さなくてもいいのに」

郊外のショッピングモールへ寄る。

「ヒロのその彼女、えと——」

「川渡《かわたり》です。川渡紗夜」

「どんなものが好きなんだ、川渡さん。飲むひとなら、やっぱり酒かな」

「もちろんお酒でも嬉しいでしょうけど、お料理が好きだから、なにか豪華な食材でも、ひとつ、どかーんと持ってゆけば、もっと喜ぶかも」

「そうか」ちょっと考えてから、塙反は精肉コーナーへ向かった。「よし。暑気払いに、牛肉の塊《かたま》りでも、がつんと」

「お。ステーキですか。やったあ。ハナさんを誘って、よかった。あ。でも、紗夜さん、サーロインはあまり好きじゃない、とか言ってたな。やっぱり肉は赤身だ、って」

「ほう、それは奇遇だ。おれも、ばりばりの赤身派だよ。ついでに、ふにゃふにゃ柔らかいだけの肉もご免だね。喰っていて顎《あご》が疲れるようなステーキじゃないと、ステーキとは認めたくない、なんてな」

「うわあ、宗派が全然ちがう。ハナさん、あたしもいっしょに食べるんだってこと、忘れないで、選んでくださいね。あ。言ってるそばから、モモ肉へ行こうとしている。だめだめ。だめ。ヒレか、せめてランプにしてください」

ヒレ肉ブロックと赤ワインを奮発して、ふたりは比呂のマンションへ向かった。

川渡さん、か。どんなひとなんだろう。車中、塙反はあれこれ想像を巡らせる。比呂よりふたつ歳上で、文筆業という話は聞いているが、やっぱりマニッシュなタイプか？　それとも対照的に、宝塚の女役さながらのお姫さまみたいな感じか。

実際に会ってみると、紗夜はそのどちらとも微妙に違っていた。小柄で華奢《きゃしゃ》な身体つきは、まるで少年のようだ。エキゾティックで妖艶《ようえん》な相貌《そうぼう》や、黄金色に染めたポニーテールにもかかわらず、なおボーイッシュな雰囲気が漂う。

突然お邪魔してすみませんと紗夜に挨拶《あいさつ》する塙反を尻目に、比呂は、「ハナさん、先にやってて。あたし、シャワー、浴びてくるから。あちち、あちあち。も、汗、びっしょりだあ」と、さっさと奥へ引っ込んだ。

「比呂ちゃんたら、もう」塙反から手土産を受け取り、紗夜は苦笑した。「お気になさらないでくださいね——えと？」

「ハネサカともうします」と、当てる漢字を教える。

「あ。それってハネサカと読むんですか。あたし、てっきりハナワサカかと」

「ええ、そう読ませる方もいらっしゃるようですが、わたしはハネサカです」

「そうですか。塙反さん、もちろんご存じでしょうけれど、比呂ちゃん、いつもあんな感じで、マイペースなので」

「ええ、よく知っております」

「じゃあ、さきに、軽く始めちゃってくださいな」

キッチンカウンターのストゥールに座った塙反の前に、大振りの皿が差し出された。真鯛のカルパッチョだ。細かく切り刻まれたトマトやタマネギ、ピーマンがオリーヴオイルにまぶされている。

「よく冷えた白ワインで、どうぞ」

「ほう、サルサソースですか」マリアージュの絶妙さに塙反は感心する。「美味《うま》い。レモンとチリパウダーが効いていますね」

塙反のそのひとことで、それまで若干硬めだった紗夜の表情が、ふわりと溶けた。うふふと笑み崩れて、乾杯、と彼女が自分のグラスを掲《かか》げたところへ、「あー、さっぱりしたあ」と比呂がタオルで頭をがしがし拭《ぬぐ》いながら、戻ってきた。ピンクのタンクトップにレモンイエローのショートパンツという、いささか少女趣味な装いは、普段の彼女からは想像しにくい。

「あれ、お肉は？　お肉は、まだ？」

キッチンに入った比呂は、塙反の眼もはばからず紗夜に抱きつき、キスする。

「んもう、比呂ちゃんたら、自由すぎ。今日はお客さまがいるのよ」

こうしてボーイッシュな紗夜と並ぶと、比呂が意外に女っぽい身体つきをしていることがよく判る。全体的にスレンダーなので普段はマニッシュな雰囲気が勝っているが、こういう恰好《かっこう》をすると、かたちよく突き出たバストやヒップが強調される。

「それに、なに、その恰好。あたしだけならいいけど、塙反さんが——」

「ああ、川渡さん、どうか気にしないでください。わたしは女性には、性的な関心を抱けない人間なんで」

「え？」

「かといって、男が好きなわけでもないんですが」

「そうそう」と、比呂は冷蔵庫からミネラルウォーターのペットボトルを取り出し、くいっとひと口。「ハナさんて、いわゆるノンセクシュアルなんだよね」

「ノンセクシュアル？」

「異性、同性にかかわらず、性愛不全。セックスやフィジカルコンタクト全般に無能、無関心という」

「そういうセクシュアリティですか。話には聞いたことがあるけど」

「真偽のほどは知りませんが、ものの本によると、女性ではたまにいるが」塙反はワイングラスを傾けた。「男は珍しいらしい」

「そうなんですか」

「もっとも、男は黙っているだけかもしれませんけどね。女性がセックスに無関心だったり、忌避感を抱いたりしても、肯定否定は別として、わりと理解を得られやすいけれど、男の場合、世間体《てい》が邪魔しがちで」

「なるほど」

「だから誰も真に受けてはくれませんよ、こんな話をしても。性欲のないやつなんているわけがあるか、と一面的な見方しかしてくれない。たしかにわたしも若いときは、自分は普通だと思っていたから、ま、いろいろひと並みにやってみましたけど。どうもちがうんだな、と。最初は周囲の者たちにもきちんと説明して理解してもらおうと努力もしましたけど、最近はもうすっかり諦めました。ご想像通り、みんな、判で捺《お》したように言いますよ——五十も間近なのに独身なのは、単にこっちだからだろ、と」手の甲を反り返した指で、自分の口もとを撫でてみせる。「まあ、そう思われているのなら、もうそれでもいいか、と。稀《まれ》にヒロみたいに、ちゃんとまともに話を聞いてくれるひとも、全然いないわけじゃないし」

「そうかあ。比呂ちゃんがお友だちを連れてくると言ったときは、ちょっと戸惑ったけれど。そういうことだったの」ふと紗夜は首を傾《かし》げた。「ところで、なんで塙反さんがハナさんなの？　ハネさん、じゃなくて」

「細かいことは気にしない。それよりお肉、焼こう、お肉」比呂は、どかっと塙反の隣りのストゥールに腰を下ろした。「四〇〇グラム。あたし、四〇〇グラムね。ハナさんも、それくらい、いくでしょ？」

「慌てない、あわてない。ひさしぶりに帰ってこられたんだから」と、紗夜は比呂と塙反の肘《ひじ》と肘のあいだに、大量のピンチョスを盛った皿を置いた。「もっとゆっくり、楽しみましょ。ま、これでも、つまんで」

「おいおい、ヒロ。いくらおれがステーキ大好き人間でも、若い者と同じ、というわけにはいかんよ。もう歳も歳だし」

「そっか」と、比呂はヤキトリみたいに串に刺された青唐辛子の酢漬けやアンチョビ、オリーブ、ミニトマトをもぐもぐ頬張《ほおば》る。「よく考えたら、ハナさん、あたしの父親といってても、おかしくないもんね。高校卒業して、すぐに子供ができていたとしたら」

「判ってるのなら、もっといたわってくれ。あ、川渡さん。わたしは、一五〇グラムくらいでお願いします」

「うほーい。お肉お肉。あれ？　紗夜さん、いま切ってるのがハナさんの分？　一五〇にしちゃ、ずいぶん分厚くない？」

「焼くとき、鉄板に当たる分の面積を小さくして、量を調整するのよ」

「おいおい、ヒロ、常識だろ。ステーキの味は加熱の仕方、そしてなによりも、肉の厚みで決まるんだぞ」

「そう？　薄くても、お肉はお肉で、それほど変わらないんじゃない？」

「薄い肉を強火で加熱したりしたら、固く縮んで、食感が悪くなるだけじゃないか」

「弱火でやればいいじゃん」

「あほ。肉汁が流れ出てしまう。強火で加熱して、なおかつ、ゆっくり火を通さなきゃ旨味《うまみ》が引き出せないんだから、肉は一定以上の厚みがなきゃ、絶対にだめなの」

「はいはいはい。あーあ、やれやれ。ハナさんが、こんなにウルサイひとだったとは。もっと淡々と生きてると思ってたのに」

「淡々と生きてますよ、おれは。ただ、ステーキだけは美味く喰いたいの」

「楽しいなあ、なんだか」比呂のゴブレットにペリエを注《つ》ぎながら、紗夜はくすくすと笑み崩れた。「ごめんなさい、変なことを言って。でも、偏見かもしれないけれど、警察ってまだまだ保守的で封建的な男社会っていうイメージが、あたしにはあるものだから。比呂ちゃん、お仕事の悩みとかは、うちでは全然口にしないけど、毎日たいへんだろうなあって、ひそかに心配してた」

「そりゃあたいへんですよ、もちろん。も、まいにち毎日」

「でも、塙反さんみたいな同僚の方がいらっしゃるんだから。安心よね」

「根拠はともかく、安心してもらうのはいいことです。ところで、ハナさん」と、比呂はソファに置いてある手提げ袋を顎《あご》でしゃくった。「あれ、麻薙さんの遺品とかって言ってたけど。なに？」

「ああ。それが、古都音さんの写真と、ビアマグなんだよ」

「びあまぐ？」

「ほら、ヒロも見ただろ」と、塙反は立ち上がり、手提げ袋から取り出した専用箱の中味を見せる。「現場検証しているときに」

ひとり娘の古都音が死去した直後、麻薙がどこか山のほうにある工房へ赴《おもむ》き、特注したという、軒部から聞かされたばかりの説明を塙反はくり返した。

「――へえ。麻薙さんが？　自分は一滴も飲めないのに、わざわざそんなことを？」

「おれたちが知らないうちに飲めるようになっていたのか、それとも、なにか別に、よっぽどの理由でもあったのか」

「うーん。あたしが思うには後者ですね。だってわざわざ遺書でお願いしてるんですよ、伊達《だて》や酔狂でこれをハナさんに託したとは考えられない。こうして古都音さんの写真まで添えている以上、なにか特別な理由が、きっとあるはず」

「かもしれないが、自宅のキッチンにはヱビスビールの空き缶がたくさんあっただろ。てことは、やっぱり麻薙さん、単にこれで飲んでいただけかも」

「あら、そうだ、ちょうどヱビスがあったんだ」と、紗夜は冷蔵庫から瓶ビールを取り出し、栓を抜いた。「せっかくそんな、お洒落な容《い》れ物があるんだから。塙反さん、それでお飲みになったら？」

「はあ？　あ、はい。では、いただきます」

紗夜はビアマグを洗って、キッチンカウンターへ置き、ヱビスを注いだ。一気に膨れ上がった白い泡を、ていねいに整える。

「それに、こうして実際に飲んでみれば、いま比呂ちゃんが言った、特別な理由とやらがなんなのか、判るかもしれないし、ね」

「へ。なんで？」

隣りの席へ戻ってきた塙反にピンチョスを勧めながら、比呂は眼をぱちくり。

「だってビアマグなんだから。素直に考えれば、ビールを注いでみて初めて、その秘密が明かされるようになっているはずでしょ」

「秘密？　って、なに。そんな大仰な。このなんの変哲もなさそうなビアマグに、なにか仕掛けでもあるっていうの？　聞いてびっくり、見てびっくり、みたいな。あ、まさか、これが喋《しゃべ》ったりしてね。はは」

比呂がそんな冗談を飛ばした、まさにそのときだった。

（は……塙反さん）と、声がした。（塙反さんですよね）

塙反は眼をしばたたき、のろのろと比呂を見た。その間も（塙反さん、わたしです）と声は続く。ぽかんとしていた比呂は、え、と眼を剝き、ぶるぶる、上半身ごと首を横に振

った。（塙反さん）
「あ、あたしじゃない。あたしじゃないですよ。あたしがハナさんのこと、ハネサカさん、なんてまともに、正しく呼ぶわけないじゃないっすか」
「って、おま、フツーに言えるじゃないか。だったら、普段からだな、ちゃんと塙反と呼
――」
すると（与那原さん）という声がして、今度は比呂が塙反を見た。（与那原さん、わたしです）
「ちがう、おれじゃない。おれがいまさらヒロのこと、苗字で呼ぶか。だいたい、これって明らかに女の声……」
はっ、と塙反は口をつぐんだ。畏怖《いふ》に彩《いろど》られたその眼が、比呂の眼と合った。比呂も、めずらしく怯《おび》えたような表情だ。唇が少し震える。
「そ、その声……まさか、ま、まさか？」
示し合わせたみたいに、比呂と塙反は同時に紗夜のほうを見た。紗夜はヱビスビールがなみなみと注がれたビアマグに、鼻がくっつきそうなほど顔を近づけ、まじまじと凝視している。その瞳に畏怖や恐怖の色はなく、子供のような好奇心に輝いていていた。
「ね。あなた、だあれ？　って、名前を訊くのが適当かどうか判らないけれど、あなたが

喋っているのよね？」

（そうです。わたし、古都音です。麻薙古都音）

「こ……古都音さんッ」塙反は、がばっと立ち上がって、ビアマグを覗き込んだ。「古都音さんなんですか、ほんとうに？」

（塙反さん、父は……父は？）

虚を衝《つ》かれたかのように塙反は一瞬、のけぞったが、すぐに肩を落とした。無言で頭《こうべ》を垂《た》れ、座りなおす。

（だめ……だったんですか。やっぱり、まにあわなかったんですか。わたし、必死で救《たす》けを呼んだんですけど……だめだったんだ）

その言葉の意味するところに思い当たったのは、塙反より比呂のほうが早かった。

「え。それじゃ、やっぱり古都音さんだったの？　現場の隣りの石塚さんが聞いた、女性の悲鳴というのは？」

（石塚さん、聞きつけてくれたんですか）

「第一発見者よ」

（そうだったんだ。わたし、叫ぶしか為《な》す術《すべ》のないまま、意識を失ってしまったものだから、石塚さんが来てくれたこと、まったく知らなかった）

「石塚さんが駈けつけたとき、もう犯人の姿も消えていて、それで――」

「ちょ、ちょっと待て、ヒロ。おまえ、あたりまえのように会話しているが、古都音さんは一年前に亡くなっているんだぞ。納棺にも立ち会ったし、火葬場へも行ったんだから、まちがいない。てことは、おれたち、ひょっとして彼女の霊と交信しているのか？」

「そういうことのようですよ、塙反さん、ほら」と、紗夜は把手を持って、そっとビアマグを引き寄せた。「最初は泡が消えているだけかと思ったけど、ほら、よく見ると、ビールそのものが少しずつ減っている」

「そう……みたい、ですが、それが？」

「霊なのか、残留思念なのか、なんと呼ぶべきかは措《お》いといて。ともかく、古都音さんという方の意識は、このビアマグに封印されている状態なんだと思います。それを解き放つ役割をするのが、ビールなんでしょう。ビールを注ぐと、古都音さんの意識が賦活《ふかつ》される――ざっと、そういう仕組みになっているんじゃないかしら」

（自分でもよく理解しているわけじゃないけど、多分、そんなところだと思います）

「賦活体となった古都音さんは、周囲の状況を認識したり、喋ったりできるようになる。でも、それはビールが注がれているあいだだけ。ビールが電池のような役割を果たしているのね。だから賦活体として活動するに従って、ビールも減ってゆき、なくなると古都音さんは意識を失う」

「なーるほど。事件の日、麻薙さんは夕食の準備をしながら、古都音さんとお喋りしてたんだね。そこへ犯人がやってきて、麻薙さんに襲いかかる。それを見ていた古都音さんは救けを呼ぼうとして悲鳴を上げたんだけど、途中でビールがなくなって、力尽きた、と。で、いままで意識を失っていた、と。そういう経緯だったんだ」

「おふたりとも、ものに動じないというか、順応が早いですね。そういえば、川渡さんは小説家だとか聞いていますが、こういうオカルティックなものも書かれるんですか」

「恋愛ものですね、主に。でも、あたしはまだ書いたことはないけど、死に別れたはずの恋人同士が人知を超えた魔法のような手段でもって愛を語り合い続けるというのは、いわば王道パターンなわけで」

「わたしなんか、自分が知らないうちにワインを飲みすぎたんじゃないかとか、頭がおかしくなったんじゃないかとか、そんな小市民的な反応しかできません。こうして古都音さんの声を聞いていてもなお、信じられない。そもそもいったい、どうしてこんなことになったんです?」と、弱り果てたような表情で真面目くさって、紗夜からビアマグへ視線を移す塙反であった。「麻薙さんは、どこか山にある工房でつくってもらった、みたいなことを言っていたらしいが」

（実はわたしも詳しくは知らないんだけど、父は当初、自分も死ぬつもりで山へ行ったそうです。わたしの遺骨を持って。死に場所を探していたとき、偶然、外国人ふうの女性に出くわして――）

「外国人ふう、というと？」

（普通に日本語を喋っていたそうですけど、えと、アン・マーグレットだったかな、わたしが知らない女優さんに似ていた、とか言ってました。フード付きのマントだかケープだかを羽織《はお》っていて、いかにも魔法使いのようだったとか。それがどういう経緯《いきさつ》で、そのひとにわたしの遺骨を預け、この身体をつくってもらうことになったのかはよく判りませんが、ともかく、ざっとそんな経緯で――）

「すると、これは……このビアマグは、古都音さん……の？」

（が、ベースになっているらしいんですが、詳しいことはちょっと。すみません、なんにも知らなくて。父もおいおい説明してくれるつもりだったみたいですが、その前に、こんなことになってしまったので――）

「あ。あッ。そ、そうだ、てことは、古都音さん」と、比呂はそのまま天井に頭をぶつけそうなほどの勢いでストゥールから跳び上がった。「事件発生時、あなたにはまだ意識があった。ビールが少し残っていたから。だから悲鳴を上げられたわけで。てことは、犯人の顔も見た。ね。見たんだよね？」

（はい、見ました。はっきりと）

「どんなやつだったの。男？　女？　麻薙さんの知り合いだったはずなんだけど」

（男です。わたしは二、三度しか会ったことがないけれど、名前はたしか、イワセ。漢字は岩に、浅いと書いて——）

「岩浅……って、えッ」互いに見合わせた比呂と塙反の表情が、特大の驚愕《きょうがく》に歪《ゆが》む。「まさか、ま、まさか、下の名前は、正臣《まさおみ》、なんじゃ？」

（はい。父の同僚だったひとです）

「ハ、ハナさん、岩浅さんて、たしか昨年、定年退職したばっかり、ですよね。一方、麻薙さんが退職したのは二年前。揃って現役だった年数が長いし、あたしたちの配属以前のうかがい知れない時代もあるわけだけれど、ふたりのあいだで、なにかトラブったりしてましたっけ？」

「少なくともおれは聞いたことがない。もちろん互いにそれなりの付き合いはあっただろうが、それほど近しかったのかな。古都音さん、岩浅が家へやってきたときのこと、もう少し詳しく教えてくれませんか」

（詳しくもなにも、父はキッチンで、わたしとお喋りしながら、夕食の準備をしていたんです。そこへインタホンが鳴って——）

「岩浅がやってきた、と。麻薙さんは、どういう反応を？」

（玄関での様子はわたしには見えなかったけれど、父の声は聞こえました——お、ずいぶんひさしぶりだな、まあ上がってくれ、いま飯の支度をしていて。なんならいっしょにどうだ、素麺なんだが、材料はあるから天麩羅《てんぷら》もできるぞ、とか。そんな、陽気というか、和やかな感じで）

「すると、岩浅のことを特に警戒したりはしていなかったんですね、麻薙さんは？」

（ええ、全然。で、父が案内するかたちで、ふたりはリビングへ入ってきた。そのとき、訪問者の顔が見えて。あ、このひと、岩浅さんていったっけ、なんて考えていたら、父が後ろを向いた隙《すき》に、醬油差しに注ぎ足そうと流しの横に置いてあったお醬油の瓶を彼が手に取って……）

「岩浅は麻薙さんを殴打し、そして？」

（自分が嵌《は》めていたズボンのベルトを素早く抜いて、前のめりに倒れた父の首に巻きつけました。父は、なんとかダイニングのほうへ逃げようとしたんだけど……）

「古都音さんの悲鳴を聞いて、岩浅はなにもしなかったんですか？」

（一瞬、びっくりして、きょろきょろ、辺りを見回していたけど、父の首を絞める手は止

めませんでした。わたしが目撃したのは、そこまでです）

「……いったいどういうことなんでしょう、ハナさん」比呂はゆっくり座りなおすと、ペリエをひとくち、喉を潤す。「いまの話を聞く限りでは、少なくとも麻薙さん側には、いきなり襲われるような理由の心当たりはなにもなかったはず、ですよね」

「なんの脈絡もない。まるで血に飢えた殺人鬼の所業だ。おれもよく知らないが、岩浅さんが、そんなおかしなひとだったとは思えないんだが」つい癖で容疑者をさんづけで呼んだことを業腹に思うべきか否か、しばし迷って、塙反は顔をしかめた。「……しかし、困ったぞ、ヒロ。これ、主任に報告して、まともにとりあってもらえるかな」

「いったいどういう根拠で、定年退職したばかりの大先輩を疑うんだ、って話になりますもんね。まさか、目撃証言を得られまして、なんて、ありのまま言うわけにもいかない。その目撃者はどこの誰だと突っ込まれたら、もうお手上げ——あ。そうか」

「なんだ？　なにかいい手が」

「じゃなくて、ハナさん、彼女とか同居人はいないのかって、私生活に関してあれこれ、麻薙さんに訊かれたって言っていたじゃないですか。それってハナさんが、いざとなったら古都音さんを任せられる環境にあるかどうかを確認したかったんじゃないかな？　こういう摩訶《まか》不思議なものを引き取ってもらうには、やっぱり家族のいないひとのほうが、なにかと好都合だと」

「たしかに、未婚で独り暮らしの場合のみ、という条件をわざわざ付けていたが」

（今年の春頃から父は、自分が死んだ後、わたしがどうなるか、心配になり始めたようです。還暦が目前でしたし。もちろん、ビールを注ぎさえしなければ、わたしは意識を失ったまま、なにも感じないわけだから、廃品扱いだろうがなんだろうが、どんなふうに処分されてもかまわないと言えば、まあ、かまわないわけですけど）

「でも、引き取るひとによっては、ちゃんとビアマグとして使うかもしれない。ビールを注いだら、古都音さんの意識が覚醒《かくせい》する」

（そうなっても、ちゃんとその状況を丸呑みして、受け容れてくれるひとの手に渡るほうが、やはり望ましいだろう、と。そのためには、生前のわたしのことをご存じの方じゃないとむずかしい、ということで——）

「このわたしに白羽の矢をたてられたわけですか。しかしそれは、麻薙さん、完全にわたしのことを見損なっています。丸呑みどころか、古都音さんの声が聞こえたときは、わけが判らなくて、おろおろするばかり。川渡さんが冷静に受け留めてくれたからよかったものの、もしも彼女が同席してくれていなかったら、気味悪さのあまり、古都音さんをどこかへ棄《す》てにいっていたかもしれない。いや、真面目な話。ほんとに危ない」

（六月、いよいよ還暦を迎えた父は、塙反さんを自宅へ招き、いろいろ話をしてみたところ、やはり現状で考え得る限り、もっとも適任だと。そう結論した、と言ったのですが。でも、もしも塙反さんがお父さんよりも先に——不謹慎な話でごめんなさい——死んだりしたら、どうするの、って訊くと、そのときはそのときで、また考えて、遺書を書きなおす、と言っていました）

「そうだったんだ。それにしても麻薙さん、こんなにも早くハナさんに頼らなければならなくなるとは、夢にも思っていなかったでしょうけれど……」

「ねえ、比呂ちゃん」と、紗夜は新しいゴブレットを二脚、塙反と自分の前に置き、ヱビスビールを注いだ。「古都音さんのお父さまが殺害されたというその事件のこと、もっと詳しく教えてくれないかな」

「え。いやいや、紗夜さんもいま、ずっと聞いてたでしょ。あれでほぼ全容だよ」

「その岩浅っていう犯人、被害者の同僚だったということは、元刑事？」

「そうだよ。あたしもハナさんも、ずいぶんお世話になった。ノンキャリアの、いわゆる叩き上げで、自分のように学歴で苦労させたくないと、息子さんふたりを東京の一流大学に進学させたり、謹厳実直なひと、というイメージしかないのに……できれば、古都音さんの見まちがいであって欲しい」

（残念ながら、わたし、見まちがいではない自信があります。イワセのセが、瀬戸内の瀬じゃなくて、浅いという漢字だと父から聞いて、すごく印象に残っていたから）

「塙反さん、その麻薙さんて方、生前はお酒を一滴も飲めなかった、というお話でしたよね」紗夜は古都音のビアマグにもエビスビールを注ぎ足す。「そのこと、職場の同僚のひとたちはみんな、知っていました？」

「そりゃあもちろん、有名でしたから。若い頃から、飲み会のときの運転手として重宝されていたそうです」

「謎の魔法使いにこのビアマグをつくってもらって以降、麻薙さんはどの程度、頻繁に古都音さんと話していたのかしら？」

（ほぼ毎日、です。もちろん、実際にお喋りする時間はその日その日によって、まちまちでしたけど）

「てことは、ほぼ毎日、麻薙さんはどこかでビールを調達していたわけよね。それがどこで、だったか、判る？」

（さあ、わたしは知りませんけど、少なくとも酒店に配達してもらっているとか、そんな様子はなかった。自分でどこかへ買いにいってたんだと思います）

「あそこじゃないかな」ゴブレットを傾けかけていた手を、塙反はふと止めた。「麻薙さんの家の近所のアーケードに、いまは営業していない酒店があるんですが、その前に自動販売機が設置されていて」

〈ああ、〈きねつき商店街〉ですね。多分そうでしょう。あそこが自宅からは、いちばん近いし〉

「ふーむ。ふむふむ」ゴブレットの中味を一気に干すと、紗夜は両手を腰に当て、キッチンのなかをうろうろし始めた。「その〈きねつき商店街〉ですけど、塙反さん、そこで最近、なにか不審な出来事があったとか、聞いていませんか」

「……は？」

「おそらくは、その自動販売機が設置されている店の周辺で」

「えと、不審な出来事、と言われましても。具体的にはどういう？」

「出来事、というより、事件かな。それも大がかりな組織犯罪の類《たぐ》いです。あくまでも例えば、ですけど、麻薬の密輸グループとか、そういう」

塙反は、解説を請うみたいな眼で比呂を見た。が、比呂も、ちんぷんかんぷんなのか、お手上げのポーズとともに、肩を竦《すく》めてみせるばかり。

「ひとつ確実なのは、それはあくまでもグループであって、一個人ではないということ。具体的に何人で構成されているかまではさすがに判りませんが、彼らは〈きねつき商店街〉のシャッター店舗のひとつをアジトとして利用し、潜伏している。そういうことなんだと思います」

「シャッター店舗……例の自動販売機が設置されている店の周辺で、ですか」

「まさしく」

「どうしてそうだと判ります」

「麻薙さんが殺害されたからです」

口を半開きにして、しばし惑乱していた塙反だが、やがて、かっと眼を見開いた。ゆっくり、ゆっくり、何度も頷き、呻《うめ》くように声を絞り出す。

「そう……そう、か、そういうこと、だったんですか」

「え。え？　え？」皆目見当のつかない比呂は焦《じ》れて、塙反の肩を揺すった。「どういうこと？　なにが、そういうこと？」

「こういうことなんだよ」と、塙反は了解を得るかのように、紗夜に頷いてみせてから、説明を始めた。「まず、川渡さんがいま言ったように、なにか大がかりな組織犯罪の類いに手を染めようとしている、もしくは、すでに何度も染めたことのあるグループがいる、と考えてくれ。そしてそいつらは、どういう事情なのかはともかく、〈きねつき商店街〉のなかの、とあるシャッター店舗を根城にしている。問題はそこから、たまたま自動販売機を設置している酒店がよく見渡せた、ということだ」

「その犯罪グループのアジトから自販機がよく見えて、なにがまずいんです」

エビスを呷《あお》って、塙反はひとつ、間をとった。「そいつらの組織の規模は、おそらく相当大きい。半端なしろうと集団ではないだろう。なにしろ退職したばかりの元刑事まで、仲間に引き込んでいたんだから」

「え。それ……って、岩浅のこと？」

「岩浅さんがどうして——」さんづけしたことを訂正しようかどうしようか一瞬迷ったみたいに塙反は口籠《くちご》もる。「彼がどうしてその組織に取り込まれたのか、その事情や経緯は判らない。が、ともかく岩浅もかなり頻繁に〈きねつき商店街〉のアジトに出入りしていたものと思われる。グループが具体的になにを計画していたかはともかく、実行に向け、着々と準備を進めていた。そんなとき、岩浅は、なにげなしにアジトの窓越しに、とんでもないものを目撃する」

「とんでもないもの……」ようやく比呂も、紗夜と塙反の思考に追いついたようだ。「麻薙さん……だったんですね、それは。岩浅はある日、偶然、自動販売機の前にいる麻薙さんを見たんだ」

「最初は、そういえば麻薙の家はこの近所だっけと、そう軽く考えただけだったかもしれない。しかしほどなく、麻薙さんが自販機の前でなにをやっているかに気づいた岩浅は、蒼《あお》くなったんだ、きっと」

「下戸のはずの麻薙さんが、ビールのロング缶を買っている……」

「それが一度や二度ならば、来客用かと思う余地も残っているが、麻薙さんはほぼ毎日、ビールを買いにやってくる。しかも、わざわざ同じ自販機で」

「わざわざ同じ自販機で、というところがポイントなんですね。飲まないはずの麻薙さんがビールを、ある特定の自販機で毎日買うという、一見不自然な行動パターンの意味を、岩浅は思い切り誤解してしまったんだ。あれはビールを買うふりをして、実は自分たちのアジトを内偵している……そう誤解してしまったんですね。麻薙さんは自分たちの犯罪計画のことを嗅《か》ぎつけている、と」

「もちろん、麻薙さんはもう退職している。が、自分で調べられるだけ調べておいて、昔の同僚に情報提供するつもりだ、と。岩浅は完全に、そうかんちがいしてしまった」

「麻薙さんが昔の同僚に接触する前に、口封じをしなければ……そう決めた、と。で、でも、理屈は判るけど、いささか短絡的なような気も」

「岩浅が即座にそう決意したのは、麻薙さんが、犯罪グループの存在には気づいているものの、自分が組織に加わっていることだけはまだ知らない——と判断したからだ」

「え、どうしてです?」

「だって、その岩浅って男の立場になって考えてみてごらんなさい」紗夜は空になった壜反のゴブレットにビールを注いだ。「もしも麻薙さんが自分の存在にも気づいているのなら、内偵の際、わざわざビール購入を装うはずはない。そんなことをしたら元同僚である自分の不審を買うし、それは麻薙さんだってよくわきまえているはず。従って、自分が組織に加わっていることは、まだ知られていない——岩浅はそう判断したのよ」

「あ。そ、そうか、なるほど。さっき紗夜さんが、一個人じゃなくてグループだ、と断定した理由がやっと判った。麻薙さんが飲めもしないはずのビールを買うふりをして内偵しているのは、眼をつけているのが自分以外のメンバーだからだと、岩浅は推測した。そういう背景が想像できるから、なんだね」

(じゃ……じゃあ、父は、わたしの……わたしのせいで、生命をおとすことに……)

「古都音さん、そんな詮ないこと、考えちゃだめだよ。これは誰のせいでもない。岩浅が愚《おろ》かだっただけの話で」比呂は立ち上がり、自分の携帯電話を手に取った。「主任に報告しておきます、岩浅のこと。即刻、監視をつけてください、って。も、根拠なんかは思いっ切り後回しで」

「あれから一ヵ月か。現場周辺に限らず、大がかりな組織犯罪の類いが発生したという話は聞かないから、もしかしたら、すでに逃亡しているかもしれんな」

「逃亡？　あ、そうか。麻薙さんの口は封じたものの、岩浅は凶器のベルトや靴など、証拠品を山ほど残していったわけですもんね。まだ逮捕には至っていないものの、いったいどういうきっかけで自分が疑われることになるか判らないと、用心し――」

比呂の声が唐突に途切れた。携帯電話を耳に当てかけていた動作が止まり、腕が、だらりと垂れ落ちる。

「ハ……ハナさん」

「どうした？」

「あたし、いま、すごく嫌な想像をしてしまったんだけど……岩浅は、いわば失敗したわけじゃないですか。麻薙さんを殺害したものの、ベルトは外したまま、裸足《はだし》で、ほうほうの態で現場から逃げ出したわけでしょ。そんな恰好で戻ってきた彼を見て、仲間たちはどう思ったか。警察はそれらの遺留品から、すぐに岩浅の存在を探り当てるかもしれない、と。普通ならそう考える。実際には、あたしたち、足踏みしっぱなしだけど、くだんの犯罪グループの立場になってみれば――」

「もはや、お荷物になり下がった……と見切ったかもしれないな、岩浅のことを」

「そもそもは警察ＯＢだから、なにかと利用価値があると見越して仲間に引き入れたんでしょう。しかし、こうなった以上、岩浅をこのままにしていたら、芋蔓《いもづる》式に組織の存在が炙《あぶ》り出されかねない、と。彼らはそう危惧《きぐ》したはずです、絶対に」

「てことは、岩浅はすでに——」

塙反の声に被《かぶ》さるようにして、比呂の携帯電話に着信があった。主任です、と小声で塙反に告げておいてから、応答した。「——はい、与那原です——はい。はい」

相槌を打つたびに、比呂の表情に緊張が漲《みなぎ》ってゆく。「……ハナさん」と、携帯電話を耳に当てたまま、掠《かす》れ声を発した。

「〈華灯飯店〉という名前の店、知っていますか、〈きねつき商店街〉の。いまはシャッター店舗になっている」

「知っている……」

「そこの二階で発見されたそうです、岩浅正臣の他殺体が。死後、およそ一ヵ月。凶器も現場に残されていました」

「凶器。なんだったんだ」

「改造拳銃。岩浅は背後から、射殺されていたそうです」

＊

麻薙家に残されていた凶器のベルトと革靴が岩浅正臣のものと確認された。

岩浅の動機は公式には、ついに解明されなかった。犯罪組織の類いに取り込まれていたのではないかという仮説も、岩浅の現職中の勤務態度に特に問題はなく、退職後にも金銭的に困窮したり、女性関係のトラブルを起こしたりしていた形跡は皆無との理由で、否定された。岩浅を射殺した犯人はついに検挙されず、凶器となった改造拳銃の流通ルートなども不明のまま。

こうして麻薙良雄殺害事件は、被疑者死亡のまま、幕を閉じた。

＊

――それから、約三十年後。

同居していた男性を殺害し、遺体を損壊した罪で服役していた七十代の男が、刑務所内で病死する。彼は息をひきとる間際、三十年前の岩浅正臣殺しと、国際的な人身売買組織にかかわっていた過去を告白したが、事実関係はついに確認されることなく、すべてが終結する。

そんな未来を塙反たちは、まだ知る由もない。

まちがえられなかった男

テーブルの上に置いていた携帯電話に着信があったのは、ちょうどおれがサザンの『いとしのエリー』を熱唱しているときだった。時計を見ると、すでに金曜日から土曜日に日付が変わっている。

妻の真由《まゆ》からか？　と一瞬、ひやりとしたが、080から始まる、見慣れぬ番号が表示されている。まさか仕事関係だとは思えなかったが、マイクを「お願い」とエリちゃんに渡し、続きを譲ると、携帯を手に取った。個室から廊下へ出ると、さすがに週末、カラオケボックスは盛況だ、あちこちの部屋から歌声が洩《も》れてきている。

左耳を掌《てのひら》で塞《ふさ》いで、「はい？」と応じると「もしもし」と、女とおぼしき声が右耳に流れてきた。「オシノミさんでしょうか」

「そうですが」

てことはこれは、まちがい電話ではあり得ない。おれの苗字『凡海《おしのみ》』はルビを振っていないと、まず正しく読んでもらえない。『おしうみ』や『おうあま』と読ませる家系もあるそうだが、ピンポイントで『おしのみ』かと訊《き》いてくる以上、これは名刺交換をしたことのある相手かもしれない。

「えと、どちらさまでしょうか」

「こちら、警察の者です」

「え。け……え？　け」予想もしなかった返答に思わず、素《す》っ頓狂《とんきょう》な訊《き》き返し方をしてしまった。「ケイサツ？　警察って、あの、ポリスの警察ですか」

「はい。失礼ですが、朱馬佐織《あかまさおり》さんという方をご存じでしょうか」

「アカマ、って、えと、ひょっとして、朱《しゅ》色の朱に、馬と書く？」

「そうです。では、ご存じで？」

「下の名前がなにかは知りませんが、苗字が朱馬という女性なら、はい。ほんのついさっき、会ったばかりで」

一瞬、ほんとに、わずか一瞬のことだったが、剃刀《かみそり》のように鋭い緊張が伝わってきて、こちらは、びびってしまった。

「い、いや、といっても、昼間だったんで、厳密には、ついさっき、と言っていいものかどうかは、その、なんとも……」

「昼間ということは、今日、いえ、時刻的にはもう昨日ですが、朱馬さんとお会いになったんですね？」

「はい、会いました。会いました……けど、あのう、これっていったい……」

「重ねて失礼ですが、凡海さん、もうおやすみになっておられましたか」

「いえ、まだ……」

各個室の重いドアを隔《へだ》てていても、カラオケの音は次から次へと重層的に響いてくる。向こうも当然、この騒音を拾っているだろうし、なにしろ警察だ、もう消灯して就寝しておりますので、お話はまた後日、なんて変なごまかしはしないほうが無難だろう。

「明日が休みなもので、がんがん歌いまくっていたところです。はい」

「こんな時間帯に、まことに恐縮ですが、これから少しお時間をいただけませんか。こちらから伺いますので」

「はあ。つ、つまりその、それだけ緊急事態である、と……」

「そうお考えいただけると、たいへんたすかります」

「いま〈サウンド・キャニオン〉というカラオケボックスにいるんですが。場所、判《わか》ります？　そうですか。部屋は二階の、二〇五号室で。えと、どうしましょう。ここでお会いするとしたら、連れは帰しておいたほうがいいでしょうか」

「差し支えなければ。ご配慮いただき、恐縮です。では、後ほど」

通話を切って、個室へ戻ったおれは、エリちゃんに伏し拝んでみせた。

「ごめん、ちょっと野暮用だ。これからお客さんが来る」

「ん。へ？　お客さん？　いまから？」次の曲を入れようとしていたらしいエリちゃん、眼をまん丸くして、タッチパネルから顔を上げた。「ここへ？」

「うん。ほんと、ごめん」これ、タクシー代にして、と紙幣を一枚、エリちゃんの手に握らせた。「来週、またお店へ行くから。大将とおかみさんに、よろしく言っといて」

「判った。でも、こんな時間からお仕事なんだ。うわあ、たいへーん」

いや、お客さんといっても仕事ってわけじゃないんだが、と言いかけて、やめた。警察がなにか話を聞きたいらしい、なんて正直に打ち明けたりしたら、後でいろいろ、ややこしいことになりそうな気がする。エリちゃんが思慮の足りぬ娘だとは決して思わないが、なにしろまだ去年、成人式を迎えたばかり。おれの同級生が学生時代、出来ちゃった婚をしたときに生まれた息子と同い歳《どし》だし。

「気をつけて帰るんだよ。もう遅いし」

「うん。なにしろ物騒だからね、近頃。いきなりピストルで撃たれたりしないよう、気をつけなくっちゃ」

「ピストルって、おいおい、そんな」

「あれ、タッキー、知らないの？」と、常連客への煽《おだ》てなのかなんなのか、このおっさんに、まるでアイドルみたいな愛称を定着させようとしているエリちゃんである。「今週に入って、市内でふたりも撃たれて、殺されてるんだよ。ニュース、観てないの？」

　たしかに、このところ忙しくて新聞もろくに読んでいなかったが、そんな身近で銃撃事件なんて、いくらなんでも非現実的すぎる、と胡散臭《うさんくさ》がる気持ちがもろに表情に出たらしい。エリちゃん、ちょっとむきになった。

「ほんとだってば。男のひとと、それから女のひとが立て続けに撃たれて。犯人は明らかに同一人物だと思われるのに、被害者ふたりのあいだにはなんの接点も見出《みいだ》せなくて、警察は通り魔かなにかが無差別殺人を行っているんじゃないかと――」

「わかった判った。ともかく、ほんとに気をつけてね。タクシー、外へ出て自分で探すんじゃなくて、ちゃんとフロントに呼んでもらうんだよ。じゃあね」とエリちゃんを見送ったおれは、ジントニックを追加注文し、真由にメールを打った。もう寝ているかもしれないが、一応連絡は入れた、というかたちを残しておかないと。

『仕事はいま終わったけど、予想もしなかった緊急事態。ひょっとしたら、今日は帰れないかもしれない』という文面が気になったのか、真由にしてはめずらしく、すぐに返信があった。『いったいなにごと？』

『まだ詳しくは判らないけど、警察のひとがこれから来るらしい。なにか、話を聞きたいんだって』

『警察？　まさか、あなたがなにか、やったわけじゃないよね？』

『おいおいおい（笑）。以前、お義父《とう》さんの出張のときに利用した旅行代理店のひとのことで、なにか訊きたいらしいんだけど。どういう話なのか、まだ全然、見当もつかない。後は帰ってから』

と、送信するのとほぼ同時に、ドアがノックされた。ガラス窓越しにこちらを覗《のぞ》き込んでくるその姿は、明らかに従業員ではない。入ってきたのは女と男のふたり連れだ。

「凡海さんですか？　さきほどお電話した、警察の者です」と、女のほうが警察手帳、そして徽章《きしょう》を、ちらりと見せる。別に悪戯《いたずら》とか冗談だと思っていたわけではないのだが、本物を目《ま》の当たりにすると、やっぱり緊張してしまう。

「凡海大樹《たつき》さんですね。お取り込み中に恐縮です。高和《こうわ》署の与那原《よなはら》ともうします。こちらは麻薙《あさなぎ》」

見たところ、与那原刑事は二十代半《なか》ばといったところか。パンツスーツ姿でなかなかのナイスバディなのだが、アスリートのように引き締まった長身のせいか、マニッシュな印象が勝っている。

一方の麻薙刑事は、六十前後といったところか。端正で温厚そうな顔だちのわりに、こちらへ会釈しながら「失礼します」とL字形長椅子《ながいす》へ腰を下ろすその所作は身体《からだ》の重心が定まっていて、隙《すき》がない感じだ。刑事だという先入観のせいかもしれないが。

下の名前の読み方も知っているからには不要かもしれないとも思ったが、おれはとりあえず〈文房具・雑貨　オシノミ文興堂　外商部　凡海大樹〉と記されている名刺を一枚ずつ、与那原刑事と麻薙刑事に手渡した。『凡海』には『おしのみ』と、『大樹』には『たつき』とルビを振ってある。

「お店の名前がオシノミということは、ご家族で経営を？」

「はあ。ていうか、わたしは入り婿なんですが。あの、それで、いったいどういったお話なんでしょうか」

「まず、これを——」

と、与那原刑事が差し出してきたものを見て思わず、え？　と声が出た。小さいビニール袋に包まれているそれは、なんと、おれの名刺ではないか。たったいま、ふたりに手渡したのとまったく同じ。

「え、えと、これは……？」

「朱馬さんが持っていました」

たしかに今日、いや、昨日、おれが彼女に渡したものだ。裏返してみると、見慣れたおれ自身の筆跡で、〈びんちょう亭〉への道順も記されている……が。

なぜこれを刑事が持っているのだ？　そう訝《いぶか》るおれの顔を覗き込むようにして、与那原刑事は言った。

「いずれテレビのニュースや新聞などで報道されるでしょうから、お伝えしておきます。朱馬さんは亡《な》くなられました」

「はあッ？」驚く、というより、ぽかんとなった。「な、なくなった……って、その、つまり、死んだ……ということですか？　朱馬さんが？」

重々しく頷《うなず》いたのは与那原刑事だけだ。麻薙刑事はといえば、まるで傍観者よろしく、おれたちのやりとりを注視している。

「何者かに殺害されたようです」

「さ……」さすがに仰天した。生唾《なまつば》を呑み下した拍子に、噎《む》せてしまう。「って、か、彼女が？　さ、殺害された、ですって？　いったい、な、何者に……」

「それをいま、調べているのです」

そうはっきり言われても、まだこの時点では自分自身も容疑者候補のひとりであることに、まったく思い至っていない、間抜けなおれである。

「彼女は、ど、どこで……」

「裁判所の前の通りをずっと西へ向かったところにある児童公園、ご存じですか」

「ああ、えっと。たしか近くに、なんとかっていう小料理屋さんのある……」

「そうです。〈慶啓荘《けいけい》〉ですね」

はて、聞き覚えのある店名だと思ったが、このときはまだ、そのことを深く考えてみる余裕はおれにはない。

「パンクのような音を二度、立て続けに聞いて不審に思った近所の住民が駈《か》けつけ、遊具の傍《かたわ》らに倒れている被害者の遺体を発見しました。頭部には銃創《じゅうそう》とおぼしき痕《あと》があり、これが致命傷だったと思われます」

「じゅうそう……って」つい「重曹」のほうの漢字を思い浮かべてしまった。「つ、つまり、撃たれていたんですか？　その、ぴ、ピストルで？」

再び重々しく頷く与那原刑事。「遺体の近くに、薬莢《やっきょう》が二個、落ちていました。三〇口径の自動式拳銃が使用されたものと思われます。弾丸は、二発のうち一発は街路樹にめり込んでいて、もう一発は、これからの司法解剖の結果を待たなければいけませんが、貫通した様子はありませんので、おそらく被害者の頭蓋《ずがい》内に残っているものと思われます」

銃創……薬莢……現代の日本の話とは思えないような単語が立て続けに出てくる。いやもちろん、我々の社会にだって暴力団抗争とか、剣呑《けんのん》な現実はいろいろあるわけだが、仮にも自分と面識のあった者が射殺されるなんて、にわかには信じ難い。あまりにも衝撃的だったものだから、さきほどエリちゃんが言っていたことを、この時点ではまだ全然憶《おも》い出さなかったほどだ。

「凶器の拳銃は発見されていませんが、被害者の持ち物を調べてみたところ、凡海さんの名刺が出てきたので、こうしてお伺いした次第です。これはあなたが直接彼女に渡したものので、まちがいありませんか？」

「そうです。あれは、えと、今日、じゃなくて、昨日の午後二時頃でしたか。カフェで偶然、彼女に出くわしたので」

「そもそも朱馬さんとはどういうご関係ですか？」

「えーと、あれは今年の二月頃だったかな。半年くらい前、うちの社長——ちなみに、わたしの義父です——が出張で、フリープランの航空券とホテルを手配したんです。わたしが代理でチケットを受け取りにいったんですが、そのとき、旅行代理店の窓口で応対してくれたのが彼女でした」

「それ以前からのお知り合い、というわけではないのですか？」

「ちがいます。会ったのはそのときが初めてで。昨日が、まだ二度目でした」

「昨日、朱馬さんには偶然、出くわしたとおっしゃいましたが、具体的にはどういうかたちで？」

「ですから、カフェへ行ったら、そこに朱馬さんがいたので――」

「なんというカフェです？」

「えと、なんていったかな。初めてのお店だったんだけど、ウイスキイみたいな名前の。あ。そうだ。〈シーバス・ポート〉だ。そこへ行ったら、偶然、朱馬さんがいたので、声をかけて――」

「半年前に初めて会って、それからずっと顔を合わせていなかった相手を、よく憶《おぼ》えておられましたね」

「いやあ、だってそれは、なかなか魅力的なお嬢さんでしたから」

＊

昨日、すなわち金曜日の午後二時頃のことだ。無事に仕事から解放され、とりあえず一杯ひっかけられるところはないものかと街なかをうろうろしていたおれの眼に留まったのが、カフェ〈シーバス・ポート〉の看板だった。利用したことのない店だが、名前からしてアルコール飲料はきっとあるだろうと勝手に決めつけ、ドアをくぐる。ネクタイを緩《ゆる》めながら席へついたおれは、ふと、真向かいのテーブルの女性と眼が合った。

三十前後だろうか、ボブカットに切れ長の眼は基本的に童顔と評してまちがいではないのだが、まるで老女が魔法で若返ったかのような、独特の謎《なぞ》めいたオーラが漂う。どこかで見たことのある顔だと思い当たり、ついまじまじと見つめてしまった。視線に気づいた彼女は意外にも、にっこり愛想よく微笑《ほほえ》んで寄越したではないか。その特徴的なえくぼで朱馬という名前を憶い出したおれは、まだオーダーしていないのをさいわい立ち上がり、彼女に歩み寄った。

「やあ、どうも、ひさしぶり、朱馬さん。その節はお世話になって。えと、おれのこと、憶えてる？」

「もちろん」と、彼女は指先をペンに見立てて、なにかを書く真似をしてみせた。「自慢じゃないけど、領収書を切った相手の名前を忘れたことはないの」

「嬉しいね。ここ、ごいっしょしても？」

「どうぞどうぞ、ご遠慮なく」

お。これは脈あり、ってことかな？　このまま彼女とお茶して、うまくやれば、飲みに誘った後でご休憩という流れに持っていけるかもしれないぞ。今日はだいじな商談で忙しいから帰宅はかなり遅くなると、真由に伝えておいてよかった。

「ここ、よく来るの？」

「いえ。今日が初めて。いま、お仕事中じゃないんですか？」

と、朱馬嬢、おれがなんの仕事をしているかは知らなくても、スーツ姿に大振りの書類鞄という恰好《かっこう》で、外回りの営業あたりかと見当をつけたのだろう。

「だいじょうぶ、いま終わったところ」

夕方までかかるかと思われた商談が、意外に早くまとまって、おれはご機嫌だった。直帰にしてあるから、夜までまるまる自由時間で、おまけに明日はひさしぶりの休日だ。午前さまになってもかまうもんか。真由には仕事が長引いているとでも適当に連絡を入れれば、いくらでも延長できる。天下御免《ごめん》で、思い切り羽を伸ばすぞ。

「むずかしい仕事がうまくいったんで、ちょいと祝杯を挙げようかな、と。朱馬さんは、なに、飲んでるの？」

「別に。普通のコーヒー」

彼女が両掌《りょうてのひら》で包み込むようにしているカップを覗き込んでみると、その中味は半分ほど減っている。

そこへ、おひやとおしぼりを持って、若い男性従業員がやってきた。ふと見ると、よく知っている顔だったので、驚いた。

「あれッ、ケイちゃん？」

「あ、どうも。大樹さん」と、ケイちゃんもびっくりしたような顔で、ぺこりとお辞儀をした。「ご無沙汰《ぶさた》しています」

いまから十年ほど前、おれがまだ独身で、別の仕事をしていた頃。当時住んでいたアパートの大家さんに、知人の息子さんの家庭教師をしてもらえないか、と頼まれた。それがケイちゃんだった。

母親が彼を有名私立中学校へ進ませたかったらしいのだが、成績がいいとはお世辞にも言えず、勉強を教えてもらえそうなひとはいないかと古くからの知り合いの大家さんに相談し、たまたま大学では教育学部だったおれに白羽の矢がたった。性格的にうまが合ったのか、ケイちゃんはおれになついてくれて、それはよかったのだが、本来の目的そっちのけで楽しくやりすぎたのが祟《たた》って彼は受験に失敗、公立中学校へ入ることとなる。まあ、そのほうが結果的にはケイちゃんのためになった、と看做《みな》すのは決しておれの苦しい自己弁護ばかりではないはずだ。

「知らなかったな。こんなところでバイト、してたんだ。いつから?」

「いや……その、最近」

なんとも迂闊《うかつ》なことにおれは、八月というシーズンの真っ最中にケイちゃんがカフェでバイトしているなんて変ではないかという至極当然の疑問をまだこのとき、寸毫《すんごう》も抱いていなかった。おまけに、こんなふうに自信なげに言葉を濁《にご》すなんて、いちばん彼らしくない反応だと露思い当たりもせず、太平楽に生ビールとサンドイッチを注文する。ケイちゃんは悄然《しょうぜん》と厨房《ちゅうぼう》へ消えた。

「あー、やっと、ものが喰《く》える。昼食抜きだったんだ。ところで」と、おれは朱馬嬢に向かって、共犯者意識たっぷりに声を低めた。「知ってる？」

「ううん。って、なにを」

「いまオーダーをとってくれた彼の本名。当ててごらん。ケイちゃんっていう愛称が最大のヒント」

「判らないけど、そんなに意味ありげに言うってことは、有名人と同姓同名とか、そういうパターン？」

「お。ピンポンピンポン。正解。鋭いねえ。彼、なんと、サザンのリーダーの」

「桑田佳祐？」

「そうなんだよねこれが。下のケイスケは、ちがう漢字なんだけど、小さい頃から病院の受付で名前を呼ばれたりするたびに、恥ずかしくてたまらなかったんだって。ちなみに、そのせいなのかどうかはともかく、Ｊポップは大の苦手」

朱馬嬢、くすくす、楽しげに忍び笑い。よしよし、つかみはオッケー、と。

「ところで、きみは仕事中じゃないの？　それとも遅めのお昼休み？」

ううんと、えくぼを浮かべたまま首を横に振る。「いま、休職中なの。いろいろ事情があって」

「事情って、よくある職場での人間関係の悩みとか、そういう？」

おれとしてはカマをかけたつもりでもなんでもなく、ただの軽口だったのだが、朱馬嬢の顔が強張《こわば》り、内心焦《あせ》ってしまった。やべ、失言だったか？　が、彼女はすぐに、もとの笑顔に戻った。

「まあ、そのようなもの、かな。誰にでもあることだとは思うけど」

「でも、そのせいで休職って、よっぽど深刻な……」

慌てて口をつぐんだ。おいおい。もっと明るいトークで盛り上げないと、ナンパは成功しないぞ。しかし彼女はといえば、気にしたふうもない。

「ええ、深刻になっちゃいますよね、どうしても。特に異性問題が絡《から》むと」

「男を巡《めぐ》る、恋の鞘当《さやあ》てとか？」

朱馬嬢の口調に屈託がないせいか、つい微妙な話題を続けてしまう。

「同年輩ならともかく、ずっと歳上相手に、むきになっても仕方なかったのにね」

ということは、お局《つぼね》さんにいびられた挙げ句に鬱《うつ》になったとか、そういうパターンだろうかと思ったが、さすがにこれは口にしないほうがいいだろう。

「じゃあ、いまは花嫁修業中とか？」

「残念ながら、そんな当てはまったくございません。失恋したばっかりだし」

「おっと。これはまた重い話題が」

「あ、いえ、誤解を招く言い方でした。だって、あたし、そのひとと付き合っていたわけでもなんでもない。そもそも一度しか会ったことがないんだし」

「一度しか？」

「ええ。先週、街なかで声をかけられて。それっきり」

「へ？　向こうから声をかけてきて、それっきり？　え。え。どういうこと？　その後、彼から、なんにもなし？」

「なんにも起こりようがない。だってそのひと、死んじゃったから」

「死んだ……って」なんでこう、重いほうへ重いほうへ話題が傾《かたむ》くのかな。「病気？　それとも事故かなにか？」

笑顔のまま、肩を竦《すく》める。これも、あんまり詮索《せんさく》しないでおこうと思ったが、彼女のほうが引きずる。

「死んだから美化するわけじゃないけど、あんなに心を奪われたのは、生まれて初めてかもしれない。一度くらい、抱かれておきたかったな。なーんちゃって」

お。こんなふうに際どい科白《せりふ》をさらっと口にするのって、こちらにとっては色好《いろよ》い兆《ちょう》候《こう》じゃないか？　いいぞいいぞ。

「惜しいことしたな。あたしとしては、めったにないチャンスだったのに」

「おいおいおい。きみを抱きたいと思う男なんか、腐るほどいるよ」

「そんな実感、ないな。だって、誰も寄ってこようとしないし」

「おれが寄ってきてるじゃん、いま」

「うん。あなたが、ふたりめ。いえ、三人目かな」

「嘆《なげ》かわしいね、まったく。世の男どもも見る目がない」

そこへケイちゃんが、サンドイッチと生ビールを運んできた。

「どう、ケイちゃん、最近、調子は？」

と、軽い気持ちでバットを振る真似をしてみせたおれは、彼がいまにも泣き出しそうなくらい顔を歪《ゆが》めたので、慌ててしまった。

「ど、どうしたの？」

「いや……すみません。実はおれ、もう辞めちゃったんですよ、野球」

「え、嘘《うそ》」

「前から肘《ひじ》を傷《いた》めてはいたんです。でも、靭帯《じんたい》が伸びたくらいだから大したことはないと高を括《くく》って、だまし騙し、やっていたら。このままだと取り返しのつかないことになる、って医者に言われて、仕方なく」

「そ……そうだったのか」知らなかった。そういえば、このところ全然、試合も観にいっていなかったっけ。「ごめんよ、つまんないこと、訊いちゃって」

「いえ、こちらこそ、すみません。お気を遣わせちゃって。もうそろそろ、きっぱり気持ちの切り替えをしなきゃと、思ってはいるんだけど」

「じゃあ、どうすんの、これから。って、おせっかいだなおれも。今度こそ家業を継ぐ、とか？」

「いや、実はそれどころじゃないんですよ。いま、お店のほうもけっこう厳しくて。今年を乗り切れるかどうか」

「そ、そんなに？」

「おふくろが必死でがんばっているんですけど。ろくに、ひとを雇う余裕もなくて。夜、おれも皿洗いを手伝いにいってるんです」

「そうかあ……」ケイちゃんが厨房に戻りたそうな仕種《しぐさ》を見せてくれたのをさいわい、おれは切り上げにかかった。「ともかく、がんばってね。いろいろと」

ったの、彼？」

「ありがとうございます」

ケイちゃんの背中を見送りながら朱馬嬢、初めてこそこそと声を低めた。「野球選手だったの、彼？」

おれは溜息《ためいき》をつき、頷いた。「リトルリーグとかは経験していなくて、中学生になってから野球を始めたんだ。なにしろ同じ学校の生徒たちにすら、うちに野球部があるなんて知らなかった、と大真面目に言われちゃうような弱小クラブでさ。彼、部員の頭数を揃《そろ》えるために勧誘されたんだ。ひとが好《い》いものだから、友だちに、どうしてもと頼まれて、断りきれなくて。ところが本人が、すっかり面白さに目覚めちゃってね。体格にも恵まれていた上に、才能もあったんだろう、めきめき頭角を現し、高校は有名な強豪校へ進んだ。そこで並居る強者たちを押し退《の》け、エースで四番を務めた」

「すごいじゃない」

「残念ながら甲子園ではあまり活躍できなかったけどね。そのせいかどうかは判らないけど、期待していたプロからの指名がなくて、独立リーグでプレイしてたんだ。スプリットボールが得意で、本来はピッチャーなんだけど、足も速いし、バッティングセンスも卓越していたから、野手としても充分、プロで活躍できると言われていたんだけど……」

「人生、ままならないものね。家業というのは？　このお店のことじゃなくて？」

「料理屋は料理屋なんだけど、なんていったたっけな。ケイちゃんのお父さんが始めたお店で、たしか自分の名前を付けていたんじゃなかったたっけ。しかし、まさかいま、そんなことになっていたとは。どんな職種でもそうかもしれないけど、創業者がいなくなると、やっぱり駄目になるものなのかなあ」

「ていうと、お父さんは？」

「亡くなられている。それこそ病気で。そのとき、ケイちゃん、野球を辞めて、お店を継いでもらえないかとお母さんや従業員たちから打診されて、断ったらしいんだよね。だって、なんといってもお父さんの技術と人柄でもっていたお店だったんだし」

とはいうものの、おれがろくにその名前を憶えていないことからも明らかなように、正直、それほど大した店ではなかった。ケイちゃんの家庭教師をしていた頃、何度か御馳走《ごちそう》になったが、自腹を切ってまでは行きたくないというのが偽らざる本音で、たとえお父さんが存命であっても早晩、左前になっていたのではあるまいか。

「そのお父さんがもういない以上、店の味を伝授してもらうわけにもいかない。先代に直接師事もできないのに、自分ひとりでやっていける自信はない、と」

と、そこで朱馬嬢、どこか遠くを見る眼つきになった。「死者からは、なにも教えてもらえない……か」

「そりゃそうだ。死んじゃってるんだし」

「ほんとにそうかしら」

「え？」

「訊けるものなら、訊いてみたいのよね、あたし。いま言った彼に」

「彼って、ああ、ケイちゃんじゃなくて、その、街なかできみに声をかけてきて、それっきり、っていう？」

虚空《こくう》に彷徨《さまよ》わせていた視線を、ひたとおれに据え、頷いた。瞬《まばた》きもしないその眼光に、少し怯《ひる》んでしまう。

「……もう死んじゃっている彼に訊いてみたいって、なにを？」

「なんであたしだったのか、ってこと」

「なんでって、なんで特にきみを選んで声をかけたのか、ってこと？　そりゃあ、そんな理由、訊くまでもない。きみが魅力的だったからに決まっているじゃないか」

朱馬嬢、大きく笑み崩れた。一見、それは童女の如《ごと》くあどけないようでいて、ある種の酷薄さと紙一重のエロティシズムが滲《にじ》み出ている。

「あたしなら、なんでも言うことを聞くだろうと思った、ってことかな、結局」

「なんでも……って」嫌でも淫猥《いんわい》な妄想が、次々に湧《わ》いてくる。「きみなら、たとえどんなことでも、自分の言う通りにしてくれるだろうと、彼はそう思った、と。だから、きみに声をかけた……と？」

曖昧《あいまい》な微笑を浮かべたまま、彼女はじっとこちらを見つめる。頷きもしなければ、かぶりを振りもしない。この意味ありげな沈黙、これは……これは、どう解釈すべきなんだろう。おれ、誘惑されてんのかな？　それとも単に、からかわれているだけ？

「じゃ、じゃあ、きみはどうだったの。彼が望むのなら、なんでも言うことを聞くつもりだった？」

「実際、聞いたしね」

「え？」

「ねえ、こういう噂《うわさ》、聞いたことない？」唐突に彼女は身を乗り出してきた。「死んだひとと話ができる道具をつくってくれるひとがいる、っていう」

「はあ？」

いきなり変な話になって、こちらはただ面喰らうばかり。だが朱馬嬢、さっきまでとはまたちがう意味で、真剣な表情である。

「死んだひとと話ができる……って、もしかして、あれかい、えと、なんだっけ、霊媒師っていうんだっけ、降霊会とかいうのをやって、死者の霊魂を召《よ》び寄せるという」

「霊魂じゃなくて、その死者の代替物をつくってくれる、ということみたい」

「なんだい、代替物って」

「それを知らないから、訊いてるの。ともかく、そういうものをつくってくれる、仙人みたいな女のひとが山にいるって噂、聞いたことない？　欧米人のような外見らしいという話なんだけど」

「いや、全然……」

「こんや……か」

今夜？　なにが「今夜」なのだろう。彼女のその独りごつような呟《つぶや》きが、なぜかおれの耳に粘っこく残った。

「そのひとの仲介者が山の麓《ふもと》に住んでいるらしいんだけど、知らない？」

「知るも知らないも。そもそも、なにそれ。都市伝説の類《たぐ》い？」

「だから、知らないって言ってるでしょ。知っていたら、いまごろ、こんなところでぐずぐずしたりせずに、すぐにそのひとの工房へ飛んで行ってる」

「工房？」

「いま言った代替物っていうのは、遺骨を材料にして、つくるんだって。ガラスの容器かなにからしいんだけど、それが人間のように喋《しゃべ》る、と。しかもその故人の人格を有しているから、死んだはずの者と実際に会話ができる。そういう仕組み」

そんなオカルティックな駄法螺《だぼら》に熱弁を振るわれても、こちらは対応に困る。ひょっとして、おれ、ちょっとめんどくさい娘に声をかけちまったのか。

「なんだかよく判らないけど……」しかし、いまさら彼女を口説くのを止《や》めるのも、もったいない。「もしもほんとうだとしたら、気味の悪い話だね」

「ねえ、親族でもない、赤の他人が、その故人の遺骨を分けてもらう方法って、ないのかしら」

「ちょ。おいおい。まさか、本気じゃないだろうね。そんな方法、知らないし、たとえ知っていても、お勧めしないよ」

彼女は相変わらず微笑を浮かべたまま、こちらから眼を逸《そ》らさない。普通なら揶揄《やゆ》されているのかと勘繰るところだが、なんとも捉《とら》えどころがなく、困惑してしまう。

「仮に、ほんとうに死者と話ができたとしても、いまさらどうするの。その彼が、きみに惹《ひ》かれた理由を訊けたところで、なにがどうなるの。ガラスの容器だかなんだか知らないけど、代替物はしょせん代替物、抱いてもらうことはできないんだよ」

彼女の微笑はそのままだった。が、首を傾《かし》げる仕種とともに、かたちよく突き出た鼻でなにかを空中へ掬《すく》い上げるようにして、眼を細める。その表情を見て、おれは確信した。

これはいける、と。じゃあ彼の代わりに、あなたがあたしを抱いてくれる？　彼女は、そう仄《ほの》めかしているのだ、と。よし、ここは、もうひと押し。

「死んだひとを忘れろとは言わないけれど、いまを楽しく生きなきゃ。あれこれ、めんどくさいことは考えずに。ね」

「まさにそういうことよね」

「てことで、これから――」即刻ご休憩に誘おうとして、いや、いやいや、ここはワンクッション、置いたほうがいいかもと思いなおしたおれは、携帯電話を取り出し、眼の高さに掲げてみせた。「四時から営業している、いいお店があるんだ。おれの行きつけ。魚とかなんでも美味《おい》しいけど、ちょっと小さくて狭いから、予約しておかないと座れないかもしれない。どう？」

「あら、いいわね。お任せするわ」

「そうこなくっちゃ」と、おれは〈びんちょう亭〉の番号をプッシュした。「――あ、もしもし、エリちゃん？　おれ。ひさしぶり。今日、これから二名で。うん。そうそう。だいじょうぶ？　じゃあ、カウンター席で。了解。じゃあ、後で」

通話を切ったおれの脳内では、すでに全裸になった朱馬嬢のあられもない肢体が踊り、くねっている。

「四時ってことは、まだ一時間以上、あるわね。あたし、ちょっと家へ帰って、出直してきたいんだけど。それでもいい？」

「もちろん。いいともいいとも。ばっちり、おめかし、してきてちょうだいな」

「そのお店、どこ？」

「口で説明するより、なにかに書いておこうか。判りやすいように」

名刺を一枚、取り出し、裏に〈びんちょう亭〉という店名と、簡単な道順を書く。

「はい、これ。四時に現地集合ね。もしも迷ったりした場合は、表に、おれのケータイの番号、書いてあるから」

名刺の表を見た彼女、笑みは浮かべたままだったが、片方の眉《まゆ》が、ぴくり、と微妙な動きをした。

「……あなたって、ひょっとして、結婚してる？」

「ううん」

おれは、ごく自然な態度と口調で首を横に振った。このタイミングで馬鹿正直に振る舞っても、始まらない。遊んだ後でなら、なんとでも言い繕える。

不自然な素振りは示さなかったはずだ。この点に関しては絶対に自信がある。たとえ嘘《うそ》発見器にかけられたとしても、見破られないはず……だったのだが。

「独り者だよ。どうしてそう思ったの?」

「別に。独り者だとしたら、それこそさっきのあなたの科白じゃないけど、世の女どももも見る目がないなあ、と思って」

ふたりで笑って、その場はおさまった。じゃあ後で、と至って陽気に手を振り、〈シーバス・ポート〉を出てゆく朱馬嬢と別れたのだが……どうも嫌な予感がした。

もしかして彼女、おれが嘘をついていると察知したんじゃないか……そんな気がしてならない。しかし、どうして?

おれは、なにか口を滑らせただろうか。半年前、〈高和新興ツアーズ〉という旅行代理店の窓口で彼女が応対してくれたときのことを、あれこれ思い返してみる。おれは自分が既婚者であると匂《にお》わせるような発言をしただろうか? いや、そんなはずはない。そもそもあのとき、彼女とは雑談すらろくにしていない。

義父の名前と年齢、そして希望するフライトとホテルを電話で予約した際、応対してくれた声は男のものだった。チケットは簡易書留で郵送してもらうことも可能だったが、ついでがあったおれは代理で窓口へ直接受け取りにいった。そのとき、応対してくれたのが彼女だ。彼女の胸もとには『朱馬』というネームタグがあり、『あかま』とルビを振ってあった。

予約番号を告げ、代金を支払い、チケットを受け取る。おれと朱馬嬢とのあいだであったやりとりは、ほぼそれだけだ。

いや、そういえば「観光ですか？」と彼女に訊かれたが、おれはそれに「いや、仕事は仕事なんだけど、ぼくは今日は代理で」と答えただけだ。自分がどういう職種に就いているかとか、プライベートなことはいっさい口にしていない。

にもかかわらず、もしもおれが妻帯していることを朱馬嬢が知っているのだとしたら、例えば真由とか、もしくはその両親とかと面識があったからとか、そんなことしか考えようがない。しかし、だったら彼女のことが家族のあいだで一度くらいは話題に上りそうなものだ。

あれこれ考えた末、結論した。だいじょうぶ。嘘は、ばれていない、と。そう自分に言い聞かせながら、おれは〈びんちょう亭〉のカウンター席で彼女をずっと、ずーっと待っていた……のだが。

＊

「――朱馬さんはついに現れなかった、というわけですか」

質問役はもっぱら与那原刑事が務め、麻薙刑事はその隣りでメモをとっている。ベテランが新人に、きちんと的確に関係者から事情聴取できるかどうか、実習させている、みたいな雰囲気がなくもない。

「そうなんです。携帯にもなんの連絡もないし。もう完璧に、すっぽかされて……いや、わざとすっぽかしたわけじゃなくて、来ようにも来られなかっただけ……ってことですかね？　つまり、殺害されて……」

我知らず縋《すが》るような心持ちで、ふたりの刑事を交互に見てみたが、どちらもなにも言わない。妙に気まずくなる。

「ま、まあ、もしかしたら、その、最初から来るつもりは全然なかった……のかもしれませんけど」

「その後、どうされました」

「看板まで粘《ねば》ったけど、やっぱり現れない。店から出て、さてどうしようかとむしゃくしゃしていたら、〈びんちょう亭〉でご主人夫婦を手伝っているバイトの娘が帰ろうとしていたので、呼び止めて、カラオケに誘って。で、さっきまでここで歌っていた、というわけです」

「なるほど。それが、お電話でおっしゃっていたお連れの方ですか。もうお帰りになられました？」

「ええ。お話の邪魔かと思って」

「後でお話を伺わないといけないので、その方のお名前を教えてください」

「いつもエリちゃんと呼んでいるのでフルネームは知らないのですが、平日にお店へ行けば会えるはずです。えと、彼女に話を聞かないといけないとは、どういう……」

「形式的な質問ですので、どうかお気を悪くなさらずに。あなたはその〈びんちょう亭〉に何時頃までいました？」

「だいたい八時頃です」

「看板まで粘ったとおっしゃったわりには、ずいぶん早いですね」

「午後四時と開店が早い分、いつもその時間にはもう店仕舞いしてますね。老夫婦がおふたりで切り盛りされているせいか、土日祝日が定休日という、なかなかのんびりと浮世離れしたマイペースぶりですよ。客のほうもそのことをよくわきまえているから、じっくり腰を落ち着けて飲むというより、さくっと食事をしにくる感じで」

「そのお店を出られて、それからは？　お連れの方といっしょにこのカラオケボックスへ来る途中、どこかへ寄ったりは？」

「していません。まっすぐにここへ」

「彼女とはよくふたりで？」

「いえ、いつもはお店で雑談する程度で。カラオケに限らず、個人的に誘ってみたのは昨夜が初めてです。こちらは駄目もとのつもりだったんだけど、意外にあっさりＯＫしてくれたので……」

なので、ひょっとして今夜は彼女と最後までいけるかなあと、ちょっぴり期待していました、とはもちろん言わないでおく。

「で、我々が電話するまで、ずっとこの部屋に、おふたりでいたんですね？　途中で席を外したりは？」

「そりゃ、ときどきトイレには」

「どちらかが長時間、戻ってこなかったりとかは？」

「いいえ、一度も」

「マスタニ　ミツルという名前に、お心当たりはありますか」

急に質問が、がらりと変わり、こちらは戸惑《とまど》った。『升谷充』と書くらしい。

「年齢は五十二歳。不動産会社を経営されていた方です」

「えと、ますたに、ですか。いえ。初めて聞きました」

「では、ヘシキ　ハルミはどうでしょう」

漢字は『平敷晴美』と書くという。

「年齢は四十一歳。こちらは専業主婦だった方です」

「女性で、へしき。いや。知り合いにはいないと思いますが」

「厳密には六日前のことになりますが、日曜日の午前一時、どこでなにをしておられましたか」

「日曜日？　えと――」と、おれは自分の手帳を捲《めく》った。「昼間は雑用があって出社していましたが、午前一時は、どうだったかな。前日に会食とかもなかったはずなので、自宅で寝ていたと思います」

「では水曜日の午後十時は？」

「水曜日は、えと、取引先の方と商談していました。十時頃には、その方の行きつけのバーにいたはずです」

「その方のお名前を教えてください」

ちょうど手帳に挟んであった当該の取引先の名刺を、与那原刑事に手渡した。

「……あのう、刑事さん、日曜日や水曜日のことが、朱馬さんの件と、なにか関係があるんですか？」

「それはいろいろと」

「そのおふたりも、なにか事件に……」

そこでようやくおれは、先刻エリちゃんが言っていたことを憶い出した。と同時に、与那原刑事が升谷充と平敷晴美のことを「不動産会社を経営していた」とか「専業主婦だった」と過去形で語っていたことにも思い当たった。声を出そうとして、顎《あご》が震える。おれはきっと顔面蒼白《そうはく》になっていたはずだ。

「あ、あの、刑事さん、そういえば今週、通り魔の仕業とおぼしき射殺事件が市内で立て続けに起こっているとか聞きましたが……しかも被害者は男性と女性だという話ですが、もしかして……もしかして、さきほどの升谷さんと平敷さんのおふたりが、そう……なんですか?」

「いずれも、これまでニュースで報道されているとおりです」

曖昧に、はぐらかすものの、与那原刑事、否定しない。なんてこった。エリちゃん、冗談を言っていたわけじゃなかったのか。

「で、では、朱馬さんを射殺したのは、その升谷さんと平敷さんを殺害したのと同じやつだと……?」

「まだなにも断定できる段階ではありませんが、少なくとも同じ拳銃が使用された可能性は極めて高いと思われます」

「つまり、わたしはいま、アリバイを調べられているわけですよね。朱馬さんが殺害されたのって、何時頃のことなんです？」

　与那原刑事、そこで初めて傍らの麻薙刑事のほうを見た。麻薙刑事、軽く顎を引くようにして、頷いて返す。

「昨夜の午後九時頃です」

「九時。そのときにはもう、わたしたちはここへ入っていました。フロントに訊いていただければ、わたしが記入した受付伝票で時刻も確認できるはずです」

「もちろん後で、そういたします」

　やれやれ。とりあえずこれでおれは嫌疑対象外だろう。もちろんエリちゃんと口裏を合わせれば、途中でカラオケボックスを抜け出して犯行現場へ行き、戻ってくることも不可能ではないが、そこまで手間をかけなければならない動機なぞないことは、警察がきちんと調べれば、いずれ判明するはずだ。だいいち拳銃の入手方法なんか知らないし。

「しかし、午後九時まで朱馬さんが生きていたということは、つまり、わたしはやっぱり約束を、すっぽかされていたわけか」

「食事に誘った際、朱馬さんは乗り気のようでしたか？　それとも——」

「わたしには充分、乗り気なように見えました。時間があるから一旦自宅へ帰ると言ったときも、断るための口実だとは思えなかったんだけど……あ。そういえば、なぜか〈びんちょう亭〉への道順を教えた途端、よそよそしい感じになったような気も」

「道順」と、与那原刑事、朱馬佐織に渡したおれの名刺を意味ありげに裏返した。「もしかしたら彼女、あなたが既婚者であることに気がついたのかもしれませんね」

「は……?」

「あなたの、この苗字を見て」

「い、いや、待ってください。どうして苗字を見ただけで、結婚していると判るっていうんです?」

「たしかさきほど、入り婿だとか、おっしゃっていましたよね。ということは、あなたには旧姓が?」

「ええ。塔原《とうはら》といいますが」

「では、まずまちがいないでしょう。彼女、あなたの旧姓を知っていた。なのに、凡海に変わっているのは婿養子になったからだ、と気づいたんでしょう」

具体的な経緯はともかく、仮に朱馬佐織がおれの旧姓を知っていたとしよう。だとすると、あのとき急に、おれが結婚しているかどうかを訊いてきたこと自体は頷けるのだが。

「失礼、つかぬことを伺いますが——」と、初めて麻薙刑事のほうが質問してきた。「あなたの旧姓はトウハラさん、だと」

「そうですが」

「昨日、その〈シーバス・ポート〉というカフェで朱馬さんに出くわしたのは偶然だったとおっしゃいましたが、それはたしかなことなのでしょうか」

「は……？　え、えと、あの、ご質問の意味が、その、よく判りませんが」

「突拍子もない話だと重々承知のうえでお訊きするのですが、ひょっとして朱馬さん、あなたがそのカフェへやってくることを知っていて、待ち伏せをしていた――そんな可能性は、ないでしょうか？」

「それはあり得ません。だって、わたしはそのお店、入ったのは初めてで。昼間から飲めそうなところを探していて、たまたま見つけただけですから」

「例えば、あくまでも例えばですが、朱馬さんがあなたのことを尾行していたとします。そして〈シーバス・ポート〉に入りそうな気配を察して、先回りした、とか？」

「考えられません、絶対に。だって、店へ入ったら、もう彼女は座っていて。飲んでいたコーヒーも半分くらい、減っていたんですから。いくら先回りするといったって、そんな早業、物理的に不可能でしょう」

「たしかにそうですね」

麻薙刑事とやりとりしているうちに、おれはなぜだか、朱馬佐織がおれの旧姓を知っていたとしか考えられなくなってしまった。しかし、どうして？　そんなことは、あり得ない。例えばおれが自ら、塔原大樹だと名乗りでもしない限り……あ。

あ。あ、そ、そうか……なんてこった。己れのあまりの迂闊《うかつ》さに、腹立たしいやら、呆《あっ》気《け》にとられるやら。

そうだ、憶い出した。半年前、〈高和新興ツアーズ〉の窓口で航空券とホテルの代金を支払った。その際、領収書を切ってくれと朱馬佐織に頼んだおれは、本来ならば義父の名前を告げなければいけないはずが、ついうっかり、いつもの癖で自分の名刺を差し出してしまったのだ。しかも、うっかりの自乗で、そのときまだ余っていた古いほうの名刺を。よりによって『とうはら　たつき』とご丁寧にルビも振ってあるやつを。

その場では自分のミスに全然気づいていなかった。何日か経《た》ってから、会計処理をしようとして領収書を見てみると『塔原大樹様』となっているではないか。ありゃりゃ、しまったと、再び〈高和新興ツアーズ〉へ赴《おもむ》き、義父の名前で領収書を書き直してもらった。その際、改めて窓口で応対してくれたのは男性だったっけ？　女性だったような気もするが、少なくとも朱馬佐織ではなかった。それはたしかだ。

そんなうっかりミスなぞ、おれはこれまですっかり忘れていた、というわけだ。よもやその後、偶然、朱馬佐織に再会することになろうとは夢にも思わず……まったく、なんてこった。ばかか、おれは。独り者だよ、などと、しれっと彼女に答えていた自分自身を憫《びん》笑《しょう》するしかない。

いや……しかし、まてよ。苗字が変わったからといって、結婚したとは限らない。誰かと養子縁組をしたかもしれないわけだ。少なくともあの時点で、独身だというおれの答えが嘘だと見破れるだけの根拠があったとは、どうしても思えない。それとも、いわゆる女の勘というやつだったのか？

もう質問事項も尽きたのか、ふたりの刑事は脱力しているおれを個室に残し、立ち去った。追加注文のジントニックをいじましく飲み干しておいてから、おれもカラオケボックスを後にする。

午前さまで帰宅すると、土産話を期待して起きているかとも思っていた真由は、もう寝ていた。おれはといえば、けっこう疲れているのに、ちっとも眠くならない。

独りで飲みなおし、明け方にようやく、とろとろ浅い眠りに引きずり込まれた——と思ったら、「あなた、警察の方よ」という真由の上擦った声で叩き起こされ、面喰らってしまった。

警察？　どういうことだ、と寝惚《ねぼ》けまなこをこすりながら応接室へ赴くと、ほんの数時間前に別れたばかりの与那原刑事が、ソファに座っている。麻薙刑事の姿はない。ひとりで来たらしい彼女は立ち上がり、深々と頭を下げた。

「何度も、もうしわけありません、おやすみのところを」座りなおした与那原刑事、なにやら険《けわ》しい面持《おもも》ちだ。「早速ですが、桑田慶輔《けいすけ》さんのことをご存じですか」

「え？」

なんでここでケイちゃんの名前が出てくるんだ？　と、ぽかん、となる。

「二十一歳。あなたが昨日、行ったという、〈シーバス・ポート〉というカフェで接客のアルバイトをしていました」

「ええ、彼のことならよく知っています。けっこう古い付き合いで」

十年ほど前、小学生だった彼の家庭教師をしたのが知り合ったきっかけであったことから始めて、昨日朱馬佐織に説明したのとほぼ同じ内容を、かなり簡略化して、喋る。

「お伺いしたいのは、桑田さんの交友関係についてです。例えば、特定の女性と交際していた、とか？」

「いや、すみません、全然判りません。最近は顔を合わせる機会が、あまりなかったものですから。プロをめざしていたはずの彼が野球を辞めていたことすら、昨日、初めて知ったくらいで」

「朱馬佐織さんとは、どういう関係だったのでしょう」

「は？　朱馬佐織とは、って？」

「桑田さんと朱馬さんとの関係です。ご存じありませんか。例えば生前、ふたりは親しく付き合っていたとか、そういうことはなかったのでしょうか」

「いや、わたしが知る限りでは、そんなことはなかったと思います。あ、そうだ。それに朱馬さんは昨日、〈シーバス・ポート〉へ来たのは初めてだと言っていたから当然、ケイちゃん、いや、慶輔くんとも初対面だったんじゃないかな。もちろん、朱馬さんが嘘をついていなければ、ですが」

「しかし、お店以外のところで、なにか接点があったかもしれないわけですよね、ふたりのあいだには」

「そりゃあ、そうですけど……うーん。昨日のふたりの様子を見る限りでは、知り合いだとは思えなかったけどなあ。ほんと、ただの従業員と客、という感じで。まあ、実は深い仲なのに、わたしの前では知らん顔していただけ、なのかもしれませんが」

「桑田さんは、なにかにお悩みとか、そういう様子はありませんでしたか」

「悩むといえば、肘を傷めて、野球を辞めざるを得なかったこと。これに尽きるでしょう。それにお父さんが亡くなった後、お店をなんとか守ろうとお母さんがひとりで、たいへんらしいし」

「お店、というのは?」

「慶輔くんの実家です。〈慶啓荘〉という小料理屋で」と、おれは漢字を説明した。「啓蒙の啓のほうはお父さんの名前から一文字をとって。あ。そうそう、憶い出しました。命名する際に慶輔くんの名前も一文字入れたのは、オープンと前後して生まれた息子に将来はお店を継いでもらいたいという気持ちの顕《あらわ》れだったんじゃないかと、いつぞや誰かから聞いた覚えが……」

ふいにどす黒い不安が込み上げてきて、おれは口籠《くちご》もった。〈慶啓荘〉……その名前、ほんのつい最近、耳にしたような……いつだったっけ? なにか途轍《とてつ》もなく重要なことを自分が失念しているような気がしてならず、もどかしい。なんだっけ? なんだっけ、なんだったっけ。自問しているうちに思わず、あ、と声が出た。

「まさか……ま、まさか」朱馬佐織が射殺された児童公園がまさにその〈慶啓荘〉の近くにあることに遅まきながら思い当たり、おれは呻いた。「まさか、慶輔くんが疑われているんですか? こうしてわざわたしのところへ彼のことを訊きにきたのは、も、もしかして……もしかして彼が、朱馬さんを拳銃で撃った、とか。そう疑われているから、なんですか?」

「今日の夕刊に第一報が載ると思うので、お伝えしておきます。桑田慶輔さんはお亡くなりになりました」

喉《のど》が砂漠並みに干上がって、なかなか声が出てこない。「まさか、や……やっぱり、拳銃で、ですか？」

与那原刑事は頷いた。「頭部を。遺体は、朱馬さんが発見された児童公園から徒歩で約三十分ほどの河川敷で倒れていました。ちょうど〈サウンド・キャニオン〉で凡海さんからお話を伺っていたのと同じ頃、近所の住民が銃声を聞いたそうです」

「同じ……同じ犯人なのですか、これまでの三人を撃ったやつと？」

「同じ拳銃が使われたものと思われますが、これまでの三件とのいちばんの相違は、死んだ桑田慶輔さん自身が、それを握りしめておられたという点です。三〇口径の自動式拳銃を、右手に」

＊

升谷充、平敷晴美、朱馬佐織、そしてケイちゃんこと桑田慶輔の四人の遺体から摘出された四発の弾丸は、すべてライフルマーク、いわゆる線条痕が一致したという。それは他ならぬ、ケイちゃんが右手に持っていた拳銃のものだった。

ケイちゃんの死が自殺だったことは、まずまちがいないらしい。右手と服から硝煙反応が出たからだ。ということは……ということは、ケイちゃんが一連の事件の犯人だったのか？　彼が升谷充、平敷晴美、そして朱馬佐織の三人を射殺した後、自らの生命も絶った……一見そんなふうにも思える。が。

後追い記事を見て、おれは考え込んでしまった。なんと、朱馬佐織の遺体の右手からも硝煙反応が出た、というのである。つまり、朱馬佐織も実は自殺だった、という可能性が浮上したわけだ。

（こんや……か）

あのときの彼女の独りごつような、謎めいた呟きが鮮烈に耳に甦《よみがえ》った。朱馬佐織は〈シーバス・ポート〉でおれと呑気《のんき》に駄弁《だべ》るふりを装いながら、実はすでに、あの夜に実行すると、自殺の決意を固めていたのだ。

すると、金曜日の夜の経過はこんなふうだったのではないかと考えられる。〈シーバス・ポート〉のバイトを終えたケイちゃんは、お母さんの手伝いをするために〈慶啓荘〉へ向かっていた。その途中、児童公園の前を通りかかった彼は銃声を耳にする。驚いていると、もう一発。慌てて公園に入ってみると、朱馬佐織が倒れていた。

彼女が拳銃自殺したことは、すぐに判っただろう。一発目は思い切れなくて外してしまったな、と見てとったケイちゃんは、とっさに朱馬佐織の手から拳銃を奪う。

　そこからケイちゃんが真っ直ぐに河川敷へ向かったかどうかは判らないが、自ら頭部を撃ったとされる時間まではかなりタイムラグがあるようなので、しばらく迷っていたのだろう。だが結局は、プロ野球選手の夢を断たれた絶望に負け、引き金をひいた。

　問題は朱馬佐織が拳銃を入手した経路と、升谷充と平敷晴美を殺害した動機だが、これはまあ、しろうとの手には負えまい。いずれ警察が解明するだろう……と思っていたら、しばらくして仰天の後追い記事が出た。

『連続射殺事件、凶器の拳銃、実は最初の被害者が入手？』

　そんな見出しの記事に、問題の最初の被害者の名前は記されていなかったが、もちろんこれは升谷充のことだろう。読んでみると、別件で逮捕された元暴力団組員が小遣い稼ぎのために、組所有の自動式拳銃一丁を、実弾六発をつけ、こっそり民間人に売ったことを自白した、という。売った相手の素性をその元組員は知らなかったが、歳恰好の説明からして、どうも升谷充だったらしい……というのだが。

　もしもこれがほんとうだとしたら、そもそも升谷充も自殺だったのか？　保留付きながら、記事によると、決してあり得ない仮説ではないようだ。というのも、升谷充は自分の不動産会社の経営に行き詰まっていたうえ、息子が特殊詐欺グループにかかわるなど、さまざまなトラブルをかかえていたらしい。もはや自らの死亡保険金で借金の弁済をするしかないという意味のことを生前、何度か口にしていたという。

ただ、もしもそうならば、升谷充の手や服からも硝煙反応が出ているはずだ。が、警察の発表によると、そんな痕跡はないという。考えられる可能性は、ふたつ。

ひとつめは、升谷充は自分で手に入れた拳銃を誰か他人に奪われ、そして射殺された、という可能性。

もうひとつは……と考えているうちにおれは、とんでもないことに思い当たった。

升谷充は最初から自殺するつもりで拳銃を手に入れた。しかし、自分で発砲するわけにはいかない、と判断した。世間体や保険金などさまざまな事情で、これが明らかに自殺だとは知られたくなかったのだ。そこで彼は、どうしたか。

自分を撃ってくれる人間を探した。そして見つけた。それこそが朱馬佐織だったのではあるまいか。

なぜ、あたしだったのか、その理由を知りたいという意味のことを彼女は言っていた。その街なかで声をかけてきたという彼こそ、実は升谷充だったのではあるまいか。

(あたしなら、なんでも言うことを聞くと思った、ってことかな)

なぜあたしなら、拳銃を差し出され、これで自分を撃ってくれと頼まれても断らないだろう、と思ったのか……その理由は朱馬佐織本人はもとより、誰にも永遠に判るまい。しかし、結果的に升谷充は――こういう言い方が適切かどうかはともかく――ひとを見る眼があったわけだ。

なぜなら、そう、なぜならば（彼が望むのなら、なんでも言うことを聞くつもりだったの？）というおれの問いかけに彼女は、こう答えたではないか。

（実際、聞いたしね）……と。

彼に会ったのは一度きりと言う朱馬佐織におれは、（向こうから声をかけてきて、それっきり？）と訊いた。その答えは、（なんにも起こりようがない。だってそのひと、死んじゃったから）だった。

死んじゃった……それは、あたしが拳銃で撃ったから、という意味だったのだ。

升谷充を撃った後、朱馬佐織は拳銃を自分のものにした。そして、おそらく平敷晴美も射殺したのだろう。

その動機は判らない。平敷晴美は専業主婦だったというから、職場の人間関係とかではなさそうだが、個人的な怨《うら》みが、なにかあったのかもしれない。

そして朱馬佐織はあの金曜日の夜、児童公園で覚悟の自殺を決行する。彼女の手から拳銃を奪ったケイちゃんもまた魅入《みい》られるようにして、自ら生命を絶った。

つまりこれは、連続射殺事件ではなかったのだ。純然たる他殺だったのは平敷晴美だけで、一連の事件の真相は自殺の連鎖だったのだ――という結論が、実はまったくの見当ちがいだったとおれが知ることになるのは、その翌年である。

翌年の、もう冬になっていた。くだんの連続射殺事件から一年以上が経過していた、ある日。

麻薙刑事がひょっこり、おれを訪ねてきたのだ。与那原刑事は同行しておらず、ひとりで。

よくよく話を聞いてみると、なにか事情があって昨年、おれと会った直後あたりに早期退職しており、もう警察官ではないのだが、少し個人的にお伺いしたいことがある、と言う。

なにかと思えば、昨年、朱馬佐織が話していた、死者と話ができる道具をつくってくれる工房なるものについて訊きたいというではないか。ははあ……さすがに鈍《にぶ》いおれでも、ぴんときた。

早期退職の理由とはおそらく、配偶者か子供か、ともかく近しい家族が不慮の死を遂げたとか、そういう事情なのだろう。麻薙氏の端正で温厚そうな印象は基本的に変わっていなかったが、昨年、カラオケボックスで事情聴取を受けたときと比べると、その双眸《そうぼう》には明らかな陰りがあり、なにかを思い詰めて憔悴《しょうすい》した表情が窺える。

「……なんでも、その工房の仙人のような女のひとに仲介してくれる方が、山の麓に住んでいるとか、そういうお話でしたが」

「ええ、そういえばたしか、朱馬さん、そんな話をしていましたね」

「彼女、その仲介役の方の素性とかには言及されませんでしたか？」

「いや、全然。あのですね、麻薙さん、なにがあったかは存じませんが、そんな与太話、真に受けないほうがいいですよ。だいたいあのとき、朱馬さんは自殺することで頭がいっぱいだったはずで、自分で自分がなにを喋っているか、全然把握していなかったんじゃないかな。あらぬことを次々と口からでまかせで並べたてていただけですよ。考えてみるまでもないでしょ、そんな、死者と話ができる道具だのなんだの——」

「自殺することで頭がいっぱい？　いや、それはないですよ。だって、朱馬佐織は自殺したわけじゃありませんから」

「は？　だって……」

「どうして彼女が自殺した、と。あ、なるほど。そういえば真相は結局、憶測に基づく部分が少なくないという理由で、はっきりとは報道されなかったから、そういうかんちがいをされている方も多いかも」

「い、いや、待ってください。朱馬さんは自殺したというのが、なぜ、かんちがいなんです？　だいたいわたし、あのとき、聞きましたよ、はっきりと」

（こんや……か）

「いまでも耳に残っています。あのときの彼女の不気味な呟き。あれが、あたしは今晩、自殺するんだという意思表明でなければ、いったいなんだったんだと――」

「こんや？　こんや、か……と。朱馬さん、そう言ったんですか？　その女のひとの工房の話題の最中に？」

「えと。前後の詳しいやりとりは忘れちゃいましたけど、たしか、そんな感じで」

「それ、トゥナイトの『こんや』という意味ではないんじゃないかな」

「へ？」

「染物屋のことじゃないでしょうか、もしかしたら。紺屋《こうや》の白袴《しろばかま》の」

「紺屋……？」

「山の麓にある紺屋……か」

おれの存在を忘れてしまったかのように、じっと腕組みし、考え込む麻薙氏に、こちらは鼻白むばかり。

「い、いや、それよりもですね、朱馬さんが自殺ではなかったって、いったいどういうことなんです？」

「ああ、はい」と、我に返ったかのようにおれのほうを向く。「えと、凡海さん、これから言うことは、なるべく口外しないでいただけるとありがたいのですが」

「それは、もちろん」

「朱馬佐織は自殺するつもりなど、ありませんでした。むしろ彼女は、あの夜、桑田慶輔を殺害しようとしていたのです」

「は……はあああッ？」驚天動地のひとことに、おれはただ啞然《あぜん》、呆然《ぼうぜん》である。「え、彼女が、え、えと、あ、朱馬さんが？　ケイちゃんを？　なぜ？」

「児童公園での発砲が二発だったこと、憶えておられますか」

「え、ええ、そういえば、たしか、弾丸の一発は街路樹にめり込んでいた、とか。でもそれは、朱馬さんが思い切れなくて、外してしまったやつなんじゃ……？」

「どうやら最初から説明したほうがよさそうですね。そもそも凶器の拳銃を入手したのが升谷充さんだったことは、ご存じで？」

「ええ、自殺するためだったんでしょ？　しかし明らかに自殺したとばれるのはまずいと思い、見ず知らずの朱馬さんに街なかで声をかけ、自分を撃ってくれと頼んだ」

「そのとおりです。升谷さんが嘱託《しょくたく》殺人を依頼するにあたって、なぜ彼女を選んだのかは判りません。が、一方の朱馬佐織がそれを引き受けたのには理由がある」

「理由？　な、なんだったんですか、その理由って？」

「拳銃を眼の前に差し出され、これで自分を撃って殺してくれ、などと頼まれて快諾する人間は普通、いません」

「そりゃそうですよ。快諾どころか、警察に通報するでしょう。民間人が拳銃を所持しているなんて、おおごとだ」

「そのとおりです。それがまともな反応というものでしょう。しかし、その依頼された人間が、たまたまそのとき、拳銃を欲しがっていたとすれば、話は別です」

「拳銃を……欲しがっていた？」

「升谷氏に自分を撃ってくれと頼まれ、朱馬佐織が即座に引き受けたとは思いません。多少は躊躇《ためら》いもあったでしょう。しかし結局は決断した。なぜか。拳銃が欲しかったからという理由と、もうひとつ、彼女の背中をひと押しした、重要な要因がありました。それは升谷氏の名前です」

「名前？　名前がどうかしたんですか」

「もし仮に、嘱託殺人を依頼された相手の名前が升谷充でなければ、いくら拳銃が欲しくても朱馬佐織は、もうひとつ踏ん切りがつかなかったかもしれない。これは、それほど重要な符合でした」

「判らないな。名前がどうして、それほど重要なんです」

「ポイントは頭文字です」

「頭文字？」

「升谷充の。アルファベットだと？」

「M・Mでしょ」

「同じアルファベットが重複している者を射殺することで、拳銃を入手できるばかりではなく、棚ぼた式のメリットが自分にもたらされると朱馬佐織は思い当たったのです。第二の被害者の平敷晴美。彼女と朱馬佐織の関係をご存じですか」

「いいえ」

「平敷晴美の夫は〈高和新興ツアーズ〉に勤めていました。朱馬佐織の直接の上司で、ふたりは実は不倫関係にあった」

「ははあ、そういう……」

「そのことが職場にばれて問題視され、朱馬佐織はむりやり休職に追い込まれた。平敷氏はなんのお咎《とが》めもなしだったのに」

「え。ちょ、ちょっと待ってください。職場での不倫関係がばれて、どうして彼女だけが一方的に処分を？」

「さあ。現場のことは伺い知れませんが、あるいは男社会の弊害かもしれませんね。おまけに朱馬佐織は、平敷の子供を堕胎したことがあり、そうと知った平敷晴美に面と向かって罵倒《ばとう》されたそうです——汚《けが》らわしい、動物以下の女だ、という意味のことを。実際にはこれよりも遥《はる》かに過激で、侮蔑《ぶべつ》的な表現だったそうですが」

「それは……それは、また……そんなひどいことを直接言われたら、さぞかし怨《うら》みも深かったでしょうね」

「まさしく。ここで朱馬佐織の立場になって考えてみてください。もしも平敷晴美が殺害されたとします。どうなるか。被害者と激しく憎み合っていた自分が疑われるのは目に見えている。平敷晴美をどれほど深く怨んでいても、彼女に実際に危害を加えることは躊躇わざるを得なかった朱馬佐織にとって、升谷充の嘱託殺人の依頼はまさに願ってもないチャンスだったのです」

「チャンス……」

「升谷充が射殺される。凶器の拳銃も現場から発見されず、遺体の手や服からも硝煙反応は出ない。明らかに他殺だと考えられる。そこへ、あまり時間を置かずに、平敷晴美が射殺されたら、さて、どうなるか？　ふたりの遺体から摘出された弾丸の線条痕が一致した以上、同じ拳銃が使われたことは明らかで、当然——」

「当然、警察は、同一人物の犯行ではないかと考える」

「加えて、いくら調べても升谷充と平敷晴美とのあいだになんの接点もないことが判ってくれば、これはもしかして通り魔かなにかによる無差別連続殺人ではないかという疑いも当然浮上する。朱馬佐織はそういう展開を期待し、さらに駄目押ししようとしていた」

「駄目押し？」

「平敷晴美の頭文字のアルファベットは、なんですか」

「……H・H」

「そう。升谷充はM・M。同じアルファベットが重複するパターンです。なんの接点もない被害者たちの共通項らしきものが、ここで初めて浮かび上がる。しかし、たった二例だけでは、そんなもの、ただの偶然だとかたづけられる恐れもある。そこで朱馬佐織がもうひとり、同じ条件を具《そな》えた人間を見つけて、射殺すれば、なぜか被害者の名前の頭文字の重複に拘泥《こうでい》する、謎のシリアルキラーのいっちょうあがり、というわけです。こうして朱馬佐織は、ほんとうに殺害したかったのは平敷晴美だけという真の目的を隠蔽《いんぺい》し、自分が容疑者に挙げられぬよう、安全圏へと逃げようと図った」

「名前の頭文字が同じアルファベットで重複している……って、いや、しかし、そういうパターンって、さほどめずらしくもないんじゃないですか？　そんなもの、実際問題として、はたして警察がどれほど真剣に被害者たちの共通項だと考えたかどうかは、至ってあやしいような気が」

「もちろん、朱馬佐織も同じ懸念を抱いていたでしょう。ですから、弾丸が続く限り、条件に合う標的を探し続けるつもりだった可能性もあります。あの日も、その目的で〈シーバス・ポート〉へ行っていたのでしょう。そして、そこで——」

「ケイちゃんを見つけた……」

「桑田慶輔。K・Kです。条件に合う。だからこそ彼は朱馬佐織に狙われた。接客のバイトを終え、〈慶啓荘〉へ向かっているところを襲われたのです。しかし彼女は、桑田さんの運動能力を過小評価していたのでしょう。一発で仕留めるはずが、避けられたうえ、俊敏な桑田さんに拳銃を奪われ、逆襲された、というわけです」

「もしもケイちゃんがそういう状況下で朱馬佐織を撃ったのだとしたら、これは完全に正当防衛ですよね？」

「もちろん。だから桑田さんも、かなり悩んだと思います。警察に通報して、ありのままを供述すべきではないか、と。しかし、いくら正当防衛とはいえ、ひとの生命を奪ってしまった罪悪感と、そして普段からかかえていた絶望や虚無感にはついに勝てず、拳銃を持ったまま河川敷へと向かった」

なんてこった……もしも事件の真相がこの説明の通りだったのだとしたら、ケイちゃんが死ななければならなかったのはある意味、おれのせいだ。あのとき、某有名ミュージシャンと同姓同名だなんてネタ、披露さえしなければ、名前の頭文字のアルファベットが重複する人物だけを特に選んで射殺する、頭のイカれたシリアルキラーが市内を跋扈《ばっこ》しているという自分のカモフラージュを完璧にしようと腐心する朱馬佐織に目をつけられることもなかっただろうに……ん。

ん？　ま、まて。まてよ。まてよ、ということは、もしかして……おれは心臓を鷲掴《わしづか》みにされたような心地になった。

「もしかして……もしかして、朱馬佐織があのとき、わたしが〈シーバス・ポート〉へ入ったときから、まるで彼女のほうから誘っているかのように、愛想の好い素振りだったのは……？」

「おそらくそうでしょう。彼女は当初、実はあなたを標的にするつもりだった。あなたの名前が塔原大樹、すなわちT・Tだと思い込んでいたからです。しかし――」

（自慢じゃないけど、領収書を切った相手の名前を忘れたことはないの……）

あのときの彼女の言葉がいま、これ以上ないくらい凶悪な響きをもって、おれの頭蓋をぶるぶる、震わせる。

「しかし……しかし、〈びんちょう亭〉への道順を書くために渡した名刺を見て、彼女はわたしが塔原から凡海姓に変わっていることを知って……」

「T・Oの頭文字の人間を射殺して、貴重な弾丸を無駄にするわけにはいかない。急遽《きゅうきょ》、標的を変更した、というわけです」

あのとき……あのとき、ケイちゃんの本名のことを話題にしたばっかりに……悔やんでも悔やんでも、いまさら手遅れだ。しかし裏返せば、そのお蔭《かげ》でおれはたすかった、とも言える。

おれは既婚者だと、ばれたからナンパに失敗したわけではなかった。

苗字が変わっていたお蔭で、命びろいをしていたのだ。全然知らないうちに。

リアル・ドール

ふと目覚めると、人間であったはずの自分が、なんと、白いマグカップに変身していたという、不条理系ＳＦ映画そこのけに奇天烈《きてれつ》きわまる状況。

そして、臍《へそ》丸出しのタンクトップに、超マイクロミニの裾《すそ》から伸びたガーターベルトで吊った網タイツという、これまでの知的で清楚《せいそ》な梅木遥子《うめきようこ》のイメージを盛大に裏切る、セクシーな恰好《かっこう》をしているあたし。

さて、どちらの問題を先に口にすべきか、美濃部卓也《みのべたくや》は一瞬、迷ったようだったが、すぐに前者を選択した。

（これは……こ、これはいったい、どうなっているんだ？）

「ご覧のとおり、よ」

安物のインスタントコーヒーがなみなみと注がれたマグカップを眼の高さに掲《かか》げるあたしの淫靡《いんび》な笑顔が、メイク室の照明付きの大きな鏡に映っている。血のように赤い唇を窄《すぼ》め、投げキッスをしてやった。

（よ、遥子さん？　遥子さん……なんですか？　ほんとうに？）

「そうよ。ご無沙汰《ぶさた》、卓也くん」

（なんで、そんな恰《かっ》……い、いや、それよりも、お、おれ？　おれはいったい……）

「ちゃんと見えているんでしょ？　ほら。これがいまの、きみの姿」

ウインクして、鏡に映った熱いマグカップの表面をすりすり撫《な》でてみせるその仕種《しぐさ》が、我ながら正視に堪えないほど淫猥《いんわい》だ。

（だから、だ、だからこれはいったい、どういうことなんです？　どうしておれ、こんなことになってしまったと……だいいち、ここって？　ここ、どこなんです？）

「さて。どこらへんから説明してあげましょうか。そもそも、卓也くん、きみ、自分がすでに死んでいることは自覚してる？」

（し……死んでいる、って）

こん、こん、と卓也の声を遮《さえぎ》って、メイク室のドアがノックされた。マグカップに向かって、ひとさし指を唇に当ててみせてから、「はぁい、どうぞぉ」と声を上げる。

「すみませーん、ヨーコさぁん」と、ドアを開けて顔を覗《のぞ》かせたのは、メイク兼雑用係のクミちゃんだ。「ちょっと男優さんたちが遅れちゃってるんですよう。移動中に事故に巻き込まれたとかで。いま急いで、こちらへ向かっているらしいんだけど、あと一時間、いえ、三十分くらい、出番、もう少し待っていてもらってもいいですか」

「あー、だいじょうぶ大丈夫。ちょうどよかった。あたしも、あと三十分くらい、余裕が欲しいな、と思ってたところなんだ。浣腸《かんちょう》、もう一本、いっときたいから」

「お手洗い、いま使用中です」面白くもない冗談を聞いたとでも言わんばかりに、にこりともせず、そう切り返してくる。「ほんとうに、すみません。もうとっくにメイクも終わっちゃってるのに。準備ができたら、すぐに呼びにきますので——」一旦《いったん》顔を引っ込めようとしたクミちゃん、くんくん鼻をひくつかせた。「ん。あれ、ヨーコさん、コーヒーですか、今日は？　めずらしいですね。いつから飲めるようになったんです？」

「たまにはね。アドレナリン、注入して、テンション、上げようかと思って」

「アドレナリン？　カフェインのまちがいじゃなくて？」と眉《まゆ》をひそめ、肩を竦《すく》めると、ドアを閉めた。

「さて」手のなかのマグカップとその鏡像を見比べる。「どこまで話したっけ。きみがもう死んでいる、ってところか。そのこと、ちゃんと認識してる？」

（よ、遥子さん……どういうことですか、なんでそんな、そ、そんな商売女みたいな、あられもない恰好を……それに、男優とかメイクとか、って、その恰好で出番、って、まさか、もしかして……）

「多分きみのお察しのとおり。世の男性たちのオナニーのお伴、アダルトビデオ女優でございますのよ」

（アダル……って、な、なんで、なんだってまた、そんな破廉恥《はれんち》な……）

「破廉恥な、って、あのね、別に自分の現状を他人のせいにするつもりはないけど、きみにだけは、そんなふうに言われたくないな。きみにだけは。離婚されて、息子の親権も奪われた女がひとりで生きてゆくのも、なかなかたいへんなんだよ」

（離婚？　え。なぜ？）

「当然でしょ。女房を寝盗《ねと》られて平気でいられる旦那《だんな》なんて、そうそう――」

（え。ご主人に、いまさら蒸し返されたんですか？　加賀《かが》先生とのこと？）

「ちがうちがう。加賀先生とのことは、そりゃあ愉快じゃなかっただろうけど、それを承知で、言わば御下がりをありがたく押し戴《いただ》いて結婚したんだから、旦那もわざわざ触れたりしたことはないよ。全然関係ない。離婚の直接の原因は、きみたち」

（え。おれたち、っていうと？）

「なに言ってんの。きみと信孝《のぶたか》くんのことに決まってるでしょ」

（なんで？　な、なんで、おれたちが遥子さんの離婚の原因に……）

「こらこら。まさか、この期《ご》に及んで、しらばっくれるつもりじゃないでしょうね。あれだけねちっこく、ねちっこく、ふたりであたしを弄《もてあそ》んでおいて」

（い、いや、そういう意味じゃなくて、つまり、その、なんでバレたんです？　おれたちとのことがご主人に？）

とぼけているわけではなく、本気で見当がつかないらしい。ま、卓也が死んだタイミングに鑑《かんが》みれば、それもむりはないかもしれないが。

「自分の出張中に妻が、頭の上がらない加賀先生とならばともかく、息子の家庭教師とその友だちと、くんずほぐれつ肉弾戦に励んでたとくりゃ、そりゃあ頭にもくるでしょ。こっちも言い逃れできない」

だからそもそも、どういう経緯でそれがご主人にバレたりしたんですか、と喰《く》い下がってくるかとも思ったが、卓也は全然別のことが気になるらしい。

（え、えと、離婚して、親権を奪われた、とかって言いましたよね。すると……すると、センくん……仙太郎《せんたろう》くんは、いま？）

「知らない。どうしたのよ、卓也くん」胡散臭《うさんくさ》げに鼻を鳴らしてやった。「なんであの子のことが気になるの？」

（いえ……）

「もうずっと仙太郎には会っていないけど、いまごろはきっと、のんびり大学生、やってるんじゃないの」

（大学生……え、ま、待ってください、いまっていったい、いつなんです？）

「いつって、西暦何年かってこと？　きみが死んでから、えーと、四年。いや、五年か。ほら。あたしも一気に老けたでしょ？」と、眼尻の皺《しわ》を指さしてみせる。「なにしろ五十の大台も目前だ」

（お、おれ、ほんとうに死んだんですか。いつ？　どこで？　ど、どうして？　どんなふうにして？）

「憶《おぼ》えていないの？　ほら、さっきも言った旦那の出張の日。あたしが加賀先生に呼び出されて、のこのこお宅へ行ったらば、きみと信孝くんが待ちかまえていて、ふたりがかりでむりやり防音室へ連れ込んだでしょ。あの日よ。あの日」

（む、むりやり、って）

「実際、そうだったじゃない。噂《うわさ》には聞いてたけど、いやはや、ふたり揃《そろ》って場数を踏んだ、絶妙のコンビネーションで。あっという間に、すっぽんぽんにしてくれちゃって。見事なものだったわ。皮肉抜きで。ま、もちろん状況的に考えれば、これって加賀先生の肝煎《きもい》りなんだろうなって、すぐに察したから、こちらも抵抗がおざなりになっちゃったんだけどさ」

　卓也は黙り込んだ。あたしはマグカップを化粧台に置いて、なかを覗き込む。コーヒーは半分ほど減っている。卓也の残留思念はまだしばらく賦活《ふかつ》状態を保つはずだが、とりあえず〝電池〟を補給しておこう。

デリバリー弁当やお菓子、ソフトドリンクのペットボトルが散乱しているテーブルの隅っこに、あたしが自前でメイク兼控室に持ち込んだホットポットが置いてある。大量につくり置きして保温してあるインスタントコーヒーをマグカップに注ぎ足した。

「憶《おも》い出したかしら？　絶妙の指使い、舌使いで、これまたあっという間に洪水みたく、濡《ぬ》れぬれにされたあたしの前と後ろを、信孝くんときみが同時に塞《ふさ》いで、ずこばこ、やりまくっていた、あのときよ」

ホットポットのすぐ横に給水器のような装置が置いてある。タンクの中味は水ではなくコーヒーで、特注でつくってもらった。いちいち自分で注ぎ足さずとも、自動的にコーヒーを一定量補給してくれるという優れもののサーバー。そこに卓也ではない、もうひとつ別のマグカップがセットされている。こちらもあたしが自前で持ち込んだ。

「三人でつながったまま、狭い防音室のなかをごろごろ、ごろごろ転がって、ひっきりなしに体位を変えているうちに、きみがいちばん下になったでしょ？」

（あ……）

風船から空気が抜けるかのような、頼りない呻《うめ》き声をマグカップは洩《も》らした。

「そう、あのとき。あそこをあたしのお尻の穴で、ぎゅうぎゅう締めつけられていたのが多分、きみの最後の記憶なんじゃない？　上と下から、かわりばんこに抜いたり刺し込んだりをリズミカルに続けていたのが、急にきみだけ動かなくなった。自分が下になろうとあたしの身体《からだ》をかかえ上げようとした信孝くん、きみがいっこうに手を貸してくれようとしないので、声をかけたけど反応がない。きみが息をしていないことに気がついて、びっくりした信孝くん、たちまち萎《な》えちゃって、あたしからすっぽ抜けたけど、きみときたら死んでも、かちんこちん。ていうか、死んだからよけいに硬直したってことなのかな。ははは。ともかく。こちとら死体の魔羅《まら》で、ずっぽり串刺し状態にされたまま、なかなか抜けなくってさ、もう、往生したわよ。膣痙攣《ちつけいれん》っていうのは聞いたことがあるけど、あれは肛門《こうもん》痙攣かな、さしずめ」

おほほほほ。鏡のなかであたしの赤い唇の両端がナイフの切っ先みたいに尖《とが》った。自分でも蒼《あお》ざめそうなほど下品な笑い声だ。

己れの言葉に触発され、卓也と信孝、ふたりの裸体に全身を挟み込まれている感触が、ふと甦《よみがえ》る。大量の汗と粘液で、すぐに布団が駄目になるので、部屋の床に敷きつめたビニールシートの上で乱交したたっけ。

ふたりに交互に吸われ、舐《な》められ、唾液《だえき》にまみれたあたしの全身は室内の熱気と相俟《あいま》って、独特の強烈な臭気を発散する。あたしたち三人の身体から搾《しぼ》りとられた液体でビニールシートはたちまち海のように溢《あふ》れ、激しく動くと、ずるりと滑って壁に体当たりしそうになったり。そんなタール状の潤滑油の波に翻弄《ほんろう》されるがまま、互いに入り乱れているうちに、汗と体液まみれの卓也と信孝の胸板があたしの背中に、あたしの胸に、それぞれぴったり貼り付いてくる。互いに密着した皮膚と皮膚のあいだに溜《た》まった汗が膜となり、三人の結合部分を真空状態にして、このまま一生離れられなくなってしまいそうになるかのような、あの粘稠性《ねんちゅうせい》の一体感。

背中にのしかかった卓也が、あたしのアナルへ挿入《はい》ってくる。彼の凶暴な先端が豊富な潤滑油に乗って、ぐりぐり、ぐりぐり肛門の粘膜を上下左右に拡張しながら、信じられないくらい深く、奥へ、奥へと。

がっちり楔《くさび》を打ち込んだ卓也は、あたしを羽交《はが》い締《じ》めにしながら背後へ倒れ込む。尾骶《びてい》骨《こつ》が軋《きし》みそうな勢いで、容赦なく大股開きをさせられ、羞恥《しゅうち》に悶《もだ》え狂っているあたしの前から今度は信孝が迫ってくる。

すでに卓也の巨根で限界まで満杯にされ、もはや余裕なんか一ミリも残っていないように思われるあたしのおなかのなかに、さらに割り込んでこようと……いやよう、やめてようと無駄と知りつつ暴れていると、唇で唇を塞がれ……あんッ。ずりんッという、まるで骨が肉から剝離《はくり》しそうなほどの重い衝撃とともに、いっそ呆気《あっけ》なく、あたしは二本のペニスを同時に受け容れている。

ぐりんぐりんと互いをつっ突き合いながらあたしの穴の粘膜をぎちぎちのいっぱいにする、特大ダブルピストン運動の記憶を反芻《はんすう》していると飽きない。むしろ、いつまでもいつまでも酔い痴《し》れていたい気分だったが、ま、そういうわけにもいかないわよね。

「やれやれ、やっと抜けたかと思ったら、きみ、断末魔でも、しっかりと射精してたんだねえ。お尻の穴から茶色に濁《にご》ったものが、つつーっと垂れ落ちてさ」

(ほ、ほんとに……おれ、ほんとにそれっきりに、なってしまったんですか？　し、死んでしまったんですか？)

「そ。さあ、困った。一一九番しなきゃならないんだけど、なにしろ状況が状況でしょ。床に敷きつめたビニールシートが、ぐちゃぐちゃどろどろになった防音室へ救急隊員に踏み込まれるというのも、ねえ。だいいち素っ裸で、あそこをおっ立てて、ひっくり返っているきみのことを、いったいなんと説明したものやら。かといって、信孝くんもあたしも応急処置の心得なんかない。きみのこと、どうしたらいいのかと、ほんと、途方に暮れたわ、しばらくのあいだ。すっかり身体が冷えちゃった」

(それで、ど、どうしたんです)

「他にどうしようもない。そこは加賀先生の家なんだからさ。先生に連絡して急遽《きゅうきょ》、戻ってきてもらった。で、三人で相談した結果、きみの死体は大学の男子寮の駐車場にでも遺棄してこよう、と」

（遺棄？　え？　い、遺棄って、まさか、おれのこと、余所《よそ》へ棄《す》ててきて、知らん顔しようとしたんですか？）

「ひらたく言えば、ね。もちろん専門的なことは全然判らなかったけど、どう見ても、きみは突然死だったとしか思えない。特に傷とか出血とかあったわけじゃないしさ。だったら、三人がかりで死体に服を着せ、どこか余所へ遺棄してきて、みんなで口を噤《つぐ》めば、それですむことなんじゃないか、と。事実それで、すんじゃった」

（す、すんじゃった、って、そんな、ひとのことだと思って、安易に）

「なんの事件性もない、一大学生の青壮年急死症候群、すなわち突然死ということで、すべてけりがついた。ただし、きみの遺体が発見されたのは男子寮の駐車場じゃなかったけどね。同じ寮に住んでいた信孝くんが、縁起でもない、と断固反対したから。もちろん加賀先生だって、学長という立場上、キャンパス周辺に死体を遺棄するのは抵抗があったようだけど、実際問題として、二十歳そこそこの学生が普段の生活圏からあまりにも懸け離れた場所で発見されるというのも、不自然だと疑われるかもしれない。結局、大学の裏門の側溝に落ち着いた」

（じゃあ、そうやって死んだはずのおれが、いまこうして遥子さんと普通に話しているのは、いったいどういうことなんです？）どれほど奇々怪々な状況であろうとも、これは現実の出来事なんだという認識と覚悟が芽生え始めたのか、卓也の口調はだいぶ落ち着いてきた。（まさか、生き返ったというわけではないんでしょ？　だいいち、どうしてマグカップなんです？）

「理由は知らないけど、飲み物の容器限定じゃないと、つくれないと言われて——」

（つくれない、って、なにを？）

「だから、こうして死者と会話ができるツールを、よ。これが、いわゆる霊と交信している状態なのかどうか、詳しいことはよく判らないけど、現にこうして卓也くんと言葉を交わせているということは、少なくとも単なる都市伝説じゃあなかったんだね」

（都市伝説？）

「常与《とこよ》村って聞いたことない？　県北部の山の麓《ふもと》にあった村。市町村合併かなにかの関係で一時期、高和市の一部として旧常与村と呼ばれていたこともあるそうだけど、現在は書類上、廃村になっている。昔から隠れ里伝説があったところ」

（隠れ里、ですか。それって例えば、いわゆる異形《いぎょう》の者たちが互いに身を寄せ合い、世間から隠れるようにして暮らしている、秘境みたいなところ、ってことですか？）

「まあ、細かく説明してやれるほどあたしも事情通じゃないんで、話半分に聞いてもらうしかないんだけど。ともかく、あるとき、こういう噂を耳にしたんだ。その常与村に、かつて集落の住人相手に商売をしていた紺屋《こうや》があった。その家系は途絶えているんだけど、作業場はそっくりそのまま残っていて、そこで別の人物が、染物ではなく、ある特殊な工房をかまえている。なんの工房かというと、それこそが、これ――」と、あたしはマグカップを撫でてみせた。「こういう、死者と交信できる道具をつくる工房」

（ほんとうにあるんですか、そんなファンタジー映画みたいなところが？）

「あったからこそ、こうしてきみをつくってもらってきたんじゃない」

（そもそも遥子さん、そんな工房のこと、いったいどうやって知ったんです？）

「だから、さっき言ったように、噂を耳にしたのよ。もちろん、もろ都市伝説って感じだったから、あたしだって最初っから鵜呑《うの》みにしてたわけじゃない。そもそも、普通に常与村へ向かってみても、入れないらしい、という話だったし」

（入れない？　って、どういうことです）

「村へ行こうとすると、必ず道に迷ってしまうんだって。隠れ里伝説たる所以《ゆえん》よ」

（じゃあ、遥子さん、どうやってその村へ辿《たど》り着いたんです？）

「常与村へ入れる方法は、ただひとつ。交信したい死者の遺骨を、必ず持って、そこへ向かうこと。そうすると、道に迷うことなく、まっすぐ自然に、その工房へと辿り着けるシステムになっている」

(待ってください。遺骨？　い、遺骨って、まさか、おれの？)

「そうに決まってるでしょ。きみの遺骨を持って、常与村を探しにいったら、わりとすんなりと問題の工房が見つかったわ」

(そんな、あたりまえのように言うけど、そもそもおれの遺骨なんて、いったいどうやって手に入れたんです)

「もちろん、美濃部家の墓から」

(えッ。まさか、墓を暴いたんですかッ)

「いま思い返してみても、さほど冒瀆《ぼうとく》的な実感はないな。墓石を外して、なかへ潜り込んでみたら、黴臭《かびくさ》かったけど、意外なくらい、きれいだったわよ。まあ、昼間であまり怖くなかったからかもしれないけど。で、きみの名前が彫られた骨壺《こつつぼ》を失敬してきた」

(むちゃくちゃだ。いくらなんでも。正気の沙汰じゃない)

「だって、原材料は故人の遺骨だから、それがないと交信ツールはつくれない、って言うんだもん。仕方ないでしょ」

（材料……って、そ、それじゃ、このマグカップって、もとはおれの、ほ、骨？）

「そういうこと。こうしてきみと話していてもまだ信じられない気持ちだけど、遺骨を持って問題の工房へ辿り着いたとき、最初は、やっぱり単なる都市伝説だったのかと、がっかりした。だって、てっきり気難しそうなご老体の職人さんかと思いきや、そこにいたのが、若い欧米系の美女だったから」

（へえ。欧米系の、ですか）

「金髪で一見、二十か三十くらい。ハリウッド映画に出てくる女優さんみたいな。くたびれたガウンを羽織っていて、なんていうか、如何《いか》にも魔女ってイメージだった」

マグカップのなかのコーヒーがだいぶ減ってきたので、ホットポットから注ぎ足す。

「いくら魔女っぽい雰囲気とはいえ、こんなひとにほんとに交信ツールがつくれるのかと心配だったんだけど、まあ駄目もとで、きみの遺骨を彼女に手渡してみた。美濃部卓也の霊と交信できるようにしてくれ、と。そしたら、彼女が言うには、あなたがどうしても飲めない飲み物はなんだ、と」

（どうしても飲めない、飲み物？）

「なんでそんなことを訊《き》かれるのかと戸惑ったわ。そしたら、交信ツールって、その依頼者が絶対に飲めないものの容器としてしかつくらないことになっているんだって。例えば下戸《げこ》のひとなら、ビアジョッキとか」

（ふうん。でもなんで、そんな変な制限があるんでしょう）

「あたしもそれが不思議だったから訊いてみた。彼女が言うには、容器が空の状態では交信できない、と。そこへ飲み物を入れて初めて、死者の残留思念は賦活される。そういう仕組みなんだって。飲み物は、言わば電池がわりね。だから会話をすれば、飲み物は減ってゆき、いずれはなくなる。交信不能状態になるから、補給しないといけない。だから、こうして——」と、テーブルの上のホットポットを指さした。「じっくりお喋《しゃべ》りしたいときは、たっぷり電池を用意しておかなきゃいけないってわけ。飲み物が注がれていないと死者は喋れないし、外界の変化を察知することもできない」

（外界の変化を察知することができない、ということは——）

「このホットポットのコーヒーが切れたら、きみの意識も消える。次回、きみとお喋りするのが、例えば一週間後になるとすると、そのあいだに周囲で起こったことを、きみはいっさい感知できない。きみの主観としては、今日だと思っていたら、いきなり一週間後へ跳んだ、みたいな感覚になるわけ」

（そういえば、おれ、死んでからこれまでの記憶も全然ないわけで）

「そういうこと。容器と賦活剤となる飲み物がセットになって、初めて交信ツールとして使えるわけだけど、ここで絶対に注意しなければならない点がある。こうしてきみと喋っているときって、電池がわりの飲み物は、あたしのすぐ眼の前にあるわけでしょ。ということは、なにかの拍子に、それを普通の飲み物と混同して、うっかり口にしてしまう事態だって起こり得る」

（それはそうでしょうね）

「でも、それだけは絶対に、やっちゃいけないんだって。最大のタブーなんだそうよ。もしも万一、やってしまったりしたら、取り返しのつかないことになる、と」

（取り返しのつかないこと、って？）

「はっきりとは教えてくれなかったけど、交信ツール製作の依頼をしてくるひとって、子どもに先だたれた親御さんが多いそうよ。そのうちの何組かは、どうやら戒《いまし》めを破って、子どもの残留思念が賦活されている状態のその飲み物を敢《あ》えて呑《の》んでしまったりしたらしい。その結果、どうなったか」

（……どうなったんです？）

「だから、はっきりとは教えてくれなかったんだってば。でも、子どもに先だたれた親御さんが切実に望むこととはなにかと考えてみれば、答えはおのずと明らかだろう、と。そんなふうに言われた」

（切実に望むこと、って……なんとか子どもが生き返りますように、とか、そんなことしか思いつかない）

「まさにそれ、よ」

（えッ？）

「賦活剤を呑んだ親の身体に、死んだはずの子どもの思念が憑依《ひょうい》するようなかたちに、どうやら、なるらしい」

（つまり、子どもの霊に親の身体が乗っ取られる……ということですか）

「ざっくり言うとね。まあ、子どもに少しでも長く生きてもらえるのなら、自分の身体を献上することも厭《いと》わないというのが、親心というものなんでしょうけど」

（じゃあ、もしそうなったら、親のほうの意識はどうなるんです？）

「ひとつの身体に、ふたつの人格は同居できないでしょ。もっとも——」あたしは肩を竦めてみせた。「何度も言うようだけど、そうなると、はっきり言われたわけじゃない。とにかく死者の賦活剤を生きた人間が呑むことに関しては、不確定要素が多すぎるから絶対にやっちゃいけない、と。もしも戒めを破って、なにか不測の事態が起きても、責任はいっさいとれない、と何度も何度も、しつこく念を押されたわ。それこそ魔女みたいな怖い顔で。だからあたしは躊躇《ためら》いなくコーヒーを選んだってわけ」

（そういえば、センくんに聞いたことがあります。いつだったか、ハンバーガーをいっしょに食べにいったとき――）

「ん。ハンバーガー、って。仙太郎と？　どこで？」

（どこで、って、いや、普通のファストフード店で――）

「きみがあの子に会うのって、家で勉強をみてもらうときだけ、と思ってたんだけど。外で会ったりもしてたの？」

（い、いや、そのときは偶然、街なかで出くわしただけで。そのまま、じゃあね、っていうのもなんだし、ちょっとお茶でもしていこうかと、近くのお店へセンくんを誘ったんですよ。そのとき、コーヒーは全然飲めない、香りを嗅《か》ぐだけでもうだめだ、みたいな話をセンくんがしたから、へえ、めずらしいねって言ったら、ぼくだけじゃないんです、ママもコーヒーが大の苦手で、あんな泥水みたいなもの、みんな、どうして平気で飲めるのか不思議でならないといつも言ってる、って。そういえばセンくんの勉強をみにお宅へ伺うときに遥子さんに出してもらう飲み物って、紅茶とかソフトドリンクばかりで、コーヒーって一度もないなあ、と思い当たって）

「旦那はコーヒー、好きなほうだったんだけど。仙太郎って嗜好品に関してはいろいろ、あたし似なんだ。ともかく賦活剤はコーヒーに限定すると決めてツールをつくれば、このマグカップに他の飲み物、例えばソフトドリンクやビールを入れても、きみの思念は賦活されない。その場合は、たとえ呑んでもなんの害もない、普通の飲み物でしかない。そういう仕組みになっているから、きみのこと、まちがって呑んでしまう心配は、まずないってわけ」

（それは遥子さんに限っての話でしょ）

「ん？」

（遥子さんとちがって、コーヒーなんか全然平気、むしろ好きだというひとのほうが世のなか、多いわけでしょ。だったら、誰か別のひとがまちがって、おれのこと、呑んでしまうかもしれない）

「まさにそういうこと。だから、そういう危険なことが起こらないよう、交信ツールの存在は絶対に秘密にしなきゃならないの。ははあ、さては、卓也くん」にやにやと、我ながら背筋が寒くなるほど底意地の悪い笑顔が鏡に映っている。「適当な人物に自分を呑んでもらえば、生き返れるかもしれない――なんて考えたわね、いま？」

（い、いや、まさか、そんな。だって賦活剤を呑んだひとに必ず乗り移れるという保証はないんでしょ？　いまの話を聞く限りじゃ。それよりも判らないのは、遥子さんの真意ですよ。わざわざそこまでして、意識のみとはいえ、おれを甦らせて、いったいどういうつもりなんです？）

「さて、そこだ。正直、自分でもよく判らない。もちろんそんな、死者と話すことができる方法なんてものが実在するのなら自分も一度試してみたい、という単純な野次馬根性的な好奇心もあったわよ。それに、報酬が不要だという点も大きかったし」

（え。じゃあ、これってタダでつくってもらえたんですか？）

「うん。だからまあ、別に損をしたわけじゃないんだけどさ。でもねえ、こうしてきみと話すことができたからって、それでなにがどうなるの、みたいな身も蓋《ふた》もない気持ちも正直、あって。例えば、きみの骨で、喋るディルドをつくってもらえるとか、そういうんだったらまだよかったんだけどねえ」

（ディ、ディルド、って）

「きみの意識を持ったトーキング・ディルドでするオナニーは最高だろうなあ。きみに言葉責めをしてもらいながら、やかましい張り形をあそこやアナルに突っ込むの。どうよ。想像してごらん。これって普通の人間には絶対に経験できない、すごいプレイじゃん。なにしろきみ、文字通り全身を、あたしの粘膜に包み込まれて昇天できるのよ。さあ、前の穴がいい？　それとも後ろ？　どちらにしても壮絶な体験になりそうね」

その場面をリアルに想像しようとでもしているのか、妙に重い沈黙が可笑《おか》しい。

「あ。でも、こうやって――」と、マグカップをつんつん、指でつっ突いてやる。「刺戟《しげき》してみて、どう？　なにか感じる？」

（いや、全然。触覚はまったくないです。視覚は、どういう仕組みになっているのかは判らないけど、カップがどちらを向いても、ちゃんと遥子さんの顔に照準が合うようになっている、みたいな感じ）

「ふうん。でも、ただ喋れるだけじゃあ、どうしようもない。なんでこんな酔狂な真似、しちゃったのかな。マグカップにアナルを犯してもらうわけにはいかないし、フェラチオしてあげられるわけでもないのに」

フェラチオのひとことが合図になったかのように、またもや腹腔《ふくこう》の奥に痺《しび》れが拡がる。強烈な雄の生臭さとともに、笠《かさ》の張った茸《きのこ》のような二本の男根が、あたしに迫ってくる情景が甦った。一方の手で卓也の、そしてもう一方の手で信孝の股間《こかん》を探り、鋼鉄さながらのふたりの陰茎を握りしめ、ずりずり、しごき下ろす。両掌のなかで、どっくん、どっくん、ふたり分の逞《たくま》しい欲望が波打ち、あたしの脳髄まで響いてきて、耳の奥がじんじん、えもいわれぬ悦《よろこ》びに痺《しび》れっぱなし。二本の怒張に頰《ほお》ずりしているうちに、たまらなくなって、口いっぱいに、ふたりを頰張り。

卓也と信孝の怒張に思い切り舌をからみつかせた。交互に。ふたりの亀頭《きとう》で喉《のど》の奥まで搔《か》き回され、噎《む》せた。唇の端から唾液があとからあとから迸《ほとばし》り、汗と混ざって、喉と胸をつたい、すでに体液で池のようになっている鼠蹊部《そけいぶ》へとさらに垂れ落ちてゆくのが、異様にはっきりと感じ取れ。

「あ。いいこと、考えついちゃった。だらだらお喋りだけじゃなくて、きみにあたしの姿を見てもらうこともできるんだからさ。窃視プレイをしないという手はないよね。よし。今度、コーヒーを自動的にマグカップに補給できる装置を、どこかでつくってもらおうっと。で、それを撮影現場に持ち込むから、あたしが男優さんたちにいじくり回されるところを、じっくり見物してちょうだい。しまった。もっと早く思いついていれば、今日の撮影、きみにも見てもらえたのにね」

ホットポットのすぐ横に置いてある、コーヒー自動サーバーを、ちろりと流眄《りゅうべん》をくれるかのように盗み見るあたしの顔が鏡に、はっきり映った。が、どうやら卓也は、そんなあたしの表情の変化には、まったく注意を払っていないようだ。

「今日の撮影メニュー、なかなかおもしろいわよ。男優さんたちが五人がかりで、あたしをサンドイッチにするの。きみと信孝くんがやってくれたようなヤツもあるけど、後ろは一本で前は二本とか、そういう変則的なセットもいろいろ——」

（そういえば——そういえば、というのも変だけど）と、卓也ったらエロ話にはさっぱり

乗ってこない。（そういえば、信孝のやつはいま？　いまどうしているんです）

「さあ。ごめん、よく知らない。信孝くんにも、もうずっと会っていないから。でも、風の便りで、大学院を修了した後、県外の某有名私立音大の講師になっている、とかって聞いたっけ。どうやら加賀先生の引き立てがあったらしいわ」

（某有名音大って、もしかしてセンくんが、いま通っているところですか）

「いや、全然ちがうはずよ。だって仙太郎、音大へは行かなかったという話だったと、たしか……って、どうしたのよ、卓也くん、さっきから？　ずいぶん仙太郎のこと、気にしているみたいだけど？」

（い、いや、別に、センくんの現状だけを気にしているわけじゃないです。ともかく、すっかり浦島太郎の気分なので）

「そうでしょうねえ、さぞかし。そういや加賀先生、あの後、自宅の防音室、取り壊したらしいわ。きみをお尻から抜いたとき、あたしが盛大に粗相しちゃったせいかと思ったんだけど、ひと死にが出た部屋なんてもう使えるかと、あの加賀先生が、ちゃんと御祓《おはら》いしてもらってから取り壊したっていうんだから笑っちゃうわ。ま、いいんじゃないの。どうせ普段から、本来の楽器練習用に使ったことなんて滅多になかったんだから。あ、でも、あの部屋であたしをさんざん泣かしたことこそが声楽練習だったんだ、とかって言い張るかしら、あの加賀先生なら？」

加賀先生、か。あの男のことを未《いま》だに先生と、気がつくと呼んでいる自分が急に腹立たしくなった。あんなやつ、加賀のヒヒ爺《じじ》いで充分だが、従順な奴隷《どれい》だったはずが、急に恩師兼愛人をぞんざいな呼び方をするようになったら、卓也は不審に思うだろう。いちいち言い訳するより、加賀先生で通したほうが、めんどくさくなくていい——などと、あれこれ算段していたら、自分がひどく小心者のような気がして、いらいらしてきた。それが呼び水になったのか、加賀のヒヒ爺いにアナルを犯されたときの記憶が甦る。

腸も胃も突き破って、喉の奥からヒヒ爺いのペニスが飛び出してきそうな気がしたものだ。ついに、ついにおまえを征服したぞ、最高だ、さ、最高だああおまえのアナルは最高だああおおおおしし締まるうぅッと普段のロマンスグレイの慈父ぶった尊大かつ優美な所作からはとても想像できないほど下卑《げび》た喜悦の咆哮《ほうこう》を上げ、加賀のヒヒ爺いは、ずんずん、容赦なく腰を動かした。根元まであたしに埋め込んでいたものを、ずるずるずるッと引き抜く。そのまま腸の粘膜も内臓もいっしょくたに肛門から外へ引きずり出されてしまいそうな、その勢いで身体じゅうの皮膚という皮膚が裏返しにされそうな異様な感触に、あたしはぎゃあぎゃあ、悲鳴を上げっぱなしで、完全に錯乱していた。

ヒヒ爺いの手が、脇の下からあたしの胸へ伸びてくる。掌が、ぴちゃぴちゃと汗を弾《はじ》きながら、まるでナメクジのようにあたしの全身を、肌という肌を、ぬめぬめ、這《は》いずり回る。固く尖った乳首を指の腹でいじくられると、あたしの背筋に電流が走り、ぴくんッ、ぴくんッと脳天から爪先まで痙攣し、眼が回った。上半身が跳ね上がり、後頭部がヒヒ爺いの肩に何度も当たる。

痙攣とともに、ヒヒ爺いがあたしのなかで爆発した。経験したことのない、激しい水圧のようなものがあたしの直腸に突き当たり、胃を突き上げてきたが、ヒヒ爺いはそれで終わらない。凶器をそそり立てたまま、一旦背中から離れ、あたしの腰をかかえた。そして仰向《あおむ》けに転がしたあたしの膝をかかえ上げ、のしかかってきた。残りを搾り出すかのように一度ぴゅっと先端からザーメンを噴き上げた陰茎を、あられもなく大股開きにさせられたあたしのアナルに再びあてがう。もうやめてえ、ゆるしてえと泣きじゃくりながら、じたばた暴れ、抵抗するあたしをなんなく押さえ込むや、一気に突き入れてくる。自分が放出したばかりの樹液のぬめりに乗って、ヒヒ爺いの肉棒は、ずるずるずるッと、あっという間に根元まで滑走してくる。

あたしの両方の踵《かかと》を肩に担いで、ヒヒ爺いはフルスピードで腰を動かした。むりやり穿《は》かせたサスペンダーストッキングのナイロン生地越しに、あたしの足の裏を舐め回し、自身のザーメンで溢れているアナルのなかをマドラーよろしく陰茎で思うさま攪拌《かくはん》し。そして再び激しい水圧が、胃を通り越し、喉もとまでせり上がってきて……ふふふ、と我知らず含み笑いが洩れた。

　あたしは加賀を憎んでいる。あの顔を憶い出すと全身が粟《あわ》だち、吐きそうになるほどの嫌悪感が込み上げてくる。そんな彼に犯されたことだって、この上ない屈辱だ。にもかかわらず、両脚に汗でぴっちり吸いついてくる黒いサスペンダーストッキングと下腹部に喰い込むそのベルトの感触を思い返すたびに、マゾヒスティックな愉悦を反芻している自分が可笑しい。

「知ってる、卓也くん？」

（なにを、ですか）

「あたしのアナル。きみにだけじゃない、加賀先生にも掘られてた、ってこと」

（知ってるもなにも、もしもそうじゃなかったら、そのほうがおかしいじゃないですか。いや、こんな言い方はあれだけど）

「加賀先生よりも、きみのほうが先だった、ってことは知ってた？」

（え？）

「もちろん、アナルに関しては、だけどね。後ろのほうの処女はだから、きみに捧《ささ》げたんだよ」

（それは……いや、それは知らなかった。ほんとうですか？　正直、意外な――え。てことは、おれが死んだ後で初めて、アナルでやったんですか、加賀先生とは？）

聞こえなかったふりをしてやった。「実は信孝くんにも、しっかりとやられてるんだよね、あたし、アナルを」

（やっぱりそれも、おれが死んだ後の話ですよね？　だって、あの日、信孝は遥子さんのヴァギナにしか挿入《い》れていないはずで。後ろは、もっぱらおれが……でも、遥子さん、さっき、信孝とはずっと会っていない、って言いませんでしたっけ？）

にやにや、肯定も否定もせず、ただ薄ら笑いを浮かべてマグカップを覗き込み、コーヒーを注ぎ足すあたしの様子に、卓也は少し不安になったらしい。

（あ、あの、遥子さん。さっき、離婚されたのは、おれと信孝とのことがご主人にバレたからだ、って言ってましたけど、ほんとうなんですか？）

「ほんとうもなにも、なんで、そんなことで嘘をつかなけりゃいけないの」

（だけど、それって具体的には、いったいどういう経緯だったんです？）

「卓也くんにだって、だいたい見当はつくんじゃない？　あの日のこと、じっくり憶い出してみれば、さ」

（あの日、って、ご主人が出張だった日のことですか。さあ）

「ほんとうに見当がつかない？」

（だって、えと、おれは、その、遥子さんと信孝と、三人でやってる最中に死んだんですよね。それで急遽、加賀先生を自宅へ呼び戻して、みんなで相談して、おれの死体を大学の裏門の側溝へ棄ててきた、と。そうなんですよね？）

「ええ、そういうこと」

（その後……その後、みんなは、どうしたんです？）

「きみと入れ代わりに加賀先生をまじえて、三人プレイを再開した、っていうんなら話としてはおもしろいんだけど、さすがにあたしたちも、そこまでケダモノじゃなかったわ。それぞれ自宅へ引き上げた、と思う。加賀先生と信孝くんについては、この眼で見たわけじゃないけど、多分ね」

（少なくとも遥子さんは、自分の家へ帰ったんですよね）

「もちろん。で、帰ってみたら、そこに旦那がいたってわけよ」

（え？　ご主人が……って、いや、まってください。ど、どうして？　だってあの日、出張だったはずでは……）

「不幸な巡り合わせだったのよ。たまたま旦那の出張先の空港で事故があったんだって。それも、前輪が出なくなった機体が胴体着陸に失敗して、炎上するという大惨事。滑走路が閉鎖されたものだから、旦那の乗った飛行機は急遽、高和空港へ引き返してこざるを得なくなった。出張のスケジュールがどんなふうに変更されたのかとか、詳しいことは全然知らないけど、ともかく旦那は一旦自宅へ戻ってきたわけよ。その時点で、あたしはまだ加賀先生の家からは戻ってきていなかった。自宅にいたのは……仙太郎だけ」

こぽこぽ、ことさらに音をたてて、マグカップにコーヒーを注ぎ足した。

「仙太郎はひとり、布団の上でぐったりしていた。旦那はその姿を目の当たりにする。その結果、どうなったのか、詳しく説明する必要、あるかしら？」

マグカップの縁《ふち》を指でぐりぐり、こすってやったが、返ってきたのは沈黙だけ。

「そもそもあの日、どうして旦那の不在を狙って加賀先生は、あたしを自宅へ呼びつけたのか。そしてあたしがお宅へ行ってみたら、先生本人はいないのに、どうしてきみたちが待ちかまえていたのか。この判りやすいシナリオ、いまさらあたしが詳しく、きみに解説してやるまでもないでしょ？」

沈黙が続くと、やはりコーヒーの減り具合は少し落ちるようだ。

「要するに、加賀先生ときみたちの利害が一致した、ってわけだ。きみと信孝くんは、あたしをサンドイッチにしてみたくてたまらなかったのね。肉置《ししお》きむっちりの熟女は、ふたりにとって、さぞやいい褥《しとね》になると期待したんでしょ？」

ふたりの褥。そう。卓也と信孝にとって、三人プレイに拘泥する理由はそれしかない。極端な話、ふたりがセックスする際、自分たちのあいだに挟み込む相手は別に人間じゃなくてもかまわない。リアル・ドール、すなわち、いわゆるダッチワイフの類《たぐ》いでも実質的に充分なはずだ。

ずいぶん後から知ったことだが、ふたりが三人プレイに目覚めたのは中学生の頃だったらしい。近所に住んでいた未亡人に、ふたり揃って筆下ろしをさせてもらったそうだ。それ以来、ふたりは互いの存在抜きのセックスなど考えられなくなった。

あたしが知る限り卓也と信孝は、ふたりだけでセックスをしたことはないはずだ。互いのアナルに挿入やフェラチオを、したり、されたりもまったく未体験だろう。それでいてなお、まちがいなくふたりはホモセクシュアルな絆《きずな》で結ばれていた。

卓也と信孝が直接ふたりで愛し合わなかったのは、男色行為に対する抵抗があったからではない。早くから三人プレイの快楽に開眼《かいげん》していたからなのだ。特に熟女をあいだに挟んで、それぞれを彼女の膣と肛門に同時に挿入し、薄い膜を一枚隔てて互いを刺戟し合う行為にはことのほか執着した。

卓也と信孝にとって、乱交プレイの三人目のメンバーとは、あくまでも道具なのだ。口実だと言ってもいい。互いのペニスを心ゆくまで擦り合わせても不自然にはならないようにするための口実。ふたりでいっしょに狭い膣に潜り込み、洞穴のなかで同時に射精するのは、別に女の妊娠リスクのチキンレースに興じているわけではない。ただ互いのザーメンのぬめりを、自分の陰茎で直接感じたいだけなのだ。

あたしも例外ではない。ふたりの道具であり、口実だった。卓也の上になってシックスナインをしているあたしの鼻面《はなづら》へ、信孝がペニスを押しつけてくる。ダブルでフェラチオをさせるのは、あたしに咥《くわ》えさせたいというより、二本の男根を互いに擦り合わせたいからなのだ。顎が外れそうになっているあたしの口のなかで、ふたりは跳ね回る。互いの猛々《たけだけ》しい躍動をたしかめ合うかのように、喘《あえ》ぎ、のけぞりながら。

そんな、長年の性愛パートナーである卓也が急死したというのに、あの日の信孝の反応ときたら、冷たいものだった。自分はいっさいかかわりあいになりたくない由を真っ先に表明したばかりか、死体を遺棄する場所としてはもっとも自然な男子寮の駐車場案を、自分がこれからも住まなければならないという理由で断固反対したりしたのだから。

「あたしをふたりの布団がわりにしたら、さぞやいい夢を見られると思ったんでしょ。そんなきみたちの欲望のために、ひと肌脱いでやったのが加賀先生だったたってわけだ。わざわざあたしを自宅へ呼びつけ、いつも同僚や教え子たちを連れ込んでいる防音室をきみたちに提供したりしてね。もちろん、先生だって伊達《だて》や酔狂でそんな便宜を図ってくれたわけじゃない。ちゃんと見返りを期待してのことで。ん。どうしたのよ、卓也くん？　さっきから、ずーっと黙ってるけど、このまま全部、あたしに喋らせる気？」

マグカップを覗き込んでみると、先刻よりも、かなりコーヒーが減っている。どういう法則性かは不明だが、喋らなくても減るときは減るようだ。

「その日は旦那が不在のはずだったから、あたしさえ誘《おび》き出せば、家にいるのは仙太郎ひとりになる。きみと信孝くんがせっせとあたしと３Ｐに励んでいるあいだに加賀先生は、ひとりで留守番をしている仙太郎のもとへ、すっ飛んでゆく。突然現れた加賀先生に、仙太郎も戸惑ったでしょうけれど、一応自分もレッスンを受けたことのある顔見知りだし、母親の恩師でもある彼を無下に追い返すわけにもいかない。なによりも父親が、仕事の上でひとかたならぬお世話になっている相手だしね。多少嫌らしいことをされても、ろくに拒絶することもできなかったんでしょう。図に乗った加賀先生は、嫌がる仙太郎を寝室へ連れ込み、そしてむりやり手込めにしてしまった……ってわけよ」

ひょっとしたら、もうコーヒーが完全になくなってしまったのではないかと案ずるくらい、気まずい沈黙が続く。

「加賀先生って、それ以前から、仙太郎のことを狙ってたの？」

（……あの、遥子さん）ようやく卓也は声を発した。（これは信じてもらえるかどうか判らないけど、おれも信孝もあの日、加賀先生がどうするつもりなのかは全然知らなかったんです。ただ、こう言われただけで——遥子なら自宅へ呼び出してある。自分は留守にするから、きみたちふたりで彼女を好きにすればいい、多少抵抗されても気にすることはない、遥子には因果を含めておくから、思う存分やりたまえ、みたいな……それだけなんです。ほんとに、おれも信孝も、ただそう言われただけなんだ。まさか、そのあいだに加賀先生が、ひとりで自宅にいるセンくんのところへ行って、あろうことか、彼をレイプするだなんて……夢にも)

「夢にも思わなかった？　へえ。てことは、きみや信孝くんは、加賀先生にお尻を狙われたこと、ないの？」

（おれは、ないです。一度も。確認したことがあるわけじゃないけど、信孝だって、ないと思いますよ）

卓也の声音は、怯《おび》えにも似た嫌悪感と、そして自分だけは常に安全圏にいられるはずという、ある種の特権的意識とが、複雑にミックスされている。要するに、他人のアナルは悦《よろこ》んで犯すが、自分の尻の貞操は守りたい、そういうタイプの典型だ。信孝も多分、同類だろう。そして加賀のヒヒ爺いも同じ……だとばかり思っていたのだが。

（いくら男ともいけるといったって、相手かまわずってわけじゃないでしょう。おのずと好みってものが――）

「仙太郎みたいな子なら、好みだったたってわけ？」

（え……え、えと）

「加賀先生、それまで、きみたちの前で、仙太郎に関心のある素振りを見せたことって、ないの？　この際、正直に言って。あるんでしょ？」

少し間が空いた。（……センくんが、若い頃の遥子さんにそっくりすぎて、ときどき変な気分になる、という意味のことは、いつぞや、ちらっと）

「なるほど。加賀先生、きっと高校生のときのあたしを抱いているような気分で、仙太郎を犯したのね」

（あの、こんなことを訊くのもあれだけど、遥子さんて、加賀先生とは、もう高校生のときから？）

「そうよ。大学に入る前から。先生が自宅で開いていたソルフェージュとピアノ教室に通っていたからね。お定まりの防音室で。十六歳だった。当時の制服はセーラー服だったから、よけいに燃えたんでしょうよ。顎がもとに戻らなくなるんじゃないかと心配になるくらい、しつこくフェラチオさせられた後、プリーツスカート、捲《ま》くり上げられ、タイツの股間をびりびり破られた」

喋っているうちにヒヒ爺いの陰茎の感触が口のなか、いっぱいに甦る。全裸で仁王立ちになり、ひざまずかせたあたしの頭を押さえつけ、自分のほうへ引き寄せる。

年齢に似合わぬ、濃い雄の臭《にお》いを撒き散らすペニスを鼻先へ突きつけられた。かと思うや、ぐいん、と一気に喉の奥まで突き刺されて、窒息しそうになった。たまらず口を離すと、すぽん、と大きな音が響いて。

指示されるまま、頰を思い切り窄めながら爺いを吸い上げた。奥まで呑み込み、また吸い上げのルーティンをくり返す。だんだん要領をつかんでくると、リズムよく頭が前後に動いて、えずくこともなくなった。爺いの先端を、喉の奥で締めつけてやったりする余裕も出てくる。

絶え間なく頰を窄め、唇の端から溢れそうになる唾《つば》を啜《すす》り込むようにして、あたしは爺いの怒張を吸い続けた。ときおりリズムに合わせて腹部を撫で回してやると、爺いはあたしの髪をぐしゃぐしゃに掻き回し、「ふううぅ」と気持ちよさそうに呻いた。頰の内側の粘膜で締めつけてやりながら、上眼遣いに様子を窺《うかが》ってみる。

爺いはのけぞっていて、顎しか見えず、表情は窺えなかったけれど、普段は強面《こわもて》の暴君のくせに、女性や若者の前ではやたらにもの判りのいいふりをしたがる、あの偽善的な独裁者がいま、ものすごく締まりのない、まぬけ面を晒《さら》しているんだろうなと想像すると、あたしの胸のうちに、経験したことのない優越感が湧いてきて、なんだかぞくぞくしてしまった。

ふふッ、先生、そんなに気持ちいい？　気持ちいいのね。ようし。もっとよくしてあげる。もっともっと気持ちしてよくあげる。悶えなさい。もっともっと悶えるのよ。さあ。あたしの口のなかで。

加賀に犯される屈辱と嫌悪。そして彼に対する憎悪。思い返してみれば、それら自分の狂気に近い爺いへの敵意を中和するために、あたしはそんな歪《ゆが》んだ優越感に浸ろうとしていたのだ。そして、でき得る限りフェラチオを楽しもうとした。反吐《へど》が出そうなほど嫌いな男根を積極的に弄んで。じゅるじゅる、ぴちゃぴちゃ、はしたないくらいの水音をたてて、あたしは錯乱したかのように髪を振り乱しながら、爺いを吸いまくりの、舐めまくりの、しゃぶりまくり。

「以来、大学で主任教授になってもらってからも、ずーっと先生の愛人のまま」ふっと白昼夢から醒《さ》めたかのような気分だ。「こういうのも刷り込みっていうのかどうかは知らないけど、あたしが結婚した後も加賀先生、なぜだかいつも、服は脱がさず、立たせたままのバックに、こだわってたな。テーブルかなにかに手をつかせて腰を持ち上げ、スカートを捲《ま》くり上げて」

（ご主人もそのことは知っていた。けど、別になにも言わなかった）

「言うわけないじゃん。あのひとだって加賀先生の弟子だったんだし。かてて加えて、貸しビル業とか実業家の顔も持っていた先生の傘下の大手メンテナンス会社を任されて、仕事のことでもまったく頭が上がらなかったとくりゃ、こんな古女房なんかを抱いてもらうことで良好なコネを持続してもらえるのならばもう、旦那にとってはむしろ願ったり叶ったりってなものよ。だけど——」くふふ、と無意識に忍び笑いが洩れた。「さっき、旦那から離婚された原因は加賀先生のこととはまったく関係ない、みたいに言ったよね。ごめん。あれは訂正する。だって語弊があるもんね。これまたさっき言ったとおり、出張が急遽中止になって、旦那が自宅へ戻ってきたとき、そこには仙太郎がひとりでいた。つまりその時点で加賀先生は、あたしと信孝くんからの連絡を受けて急遽、自分の家へ舞い戻った後だったわけよ。きみが急死したことを受けて、ね」

卓也は再び黙り込む。

「旦那は、布団の上でひとり、ぐったりしている息子を目の当たりにした。仙太郎になにも異状がなければ、それで終わりだったでしょう。でも、息子は裸だった。しかも全裸じゃなくて、女物のランジェリーを身に着けていた。正確に言えば、着けさせられていた。持参したのはもちろん、加賀先生よ。いそいそと、ね。どうせならこれを仙太郎に穿かせて、より若い頃の遥子とやっている気分に浸りたかったんでしょうよ。そんな、まるで女の子みたいな恰好で、寝室でひとり、啜り泣いている息子の哀れな姿を、旦那は目の当たりにしてしまった」

沈黙は続いている。が、どんな騒音よりも腹の底に響く、雄弁な沈黙だ。

「なにごとかと驚いて、旦那は息子を問い詰める。仙太郎がそれほどすんなり告白したとは思えないけれど、ともかく最終的には洗いざらいをぶちまけたんでしょう。加賀先生にレイプされたことを。それを聞いた旦那に、もはや加賀先生の威光は通用しない。たいせつな息子を凌辱《りょうじょく》された怒りに震えているところへ、のこのことあたしが帰宅したってわけよ。遥子、おまえ、いままでいったい、どこへ行ってたんだと問い質《ただ》されても、まさか、きみの死体を大学の裏門の側溝へ遺棄してきたところだ、なんて正直には言えないしね。だから、加賀先生に呼び出されて、ずっといっしょにお宅にいた、と答えた」

（でも、それは、しかし……）

「ええ、いちばんまずい答え方だったわ。いまなら判る。でもそのときは、まさか加賀先生がうちへ来て、仙太郎を手込めにした後だった、なんて知らなかったんだもん。加賀先生といっしょにいた、とさえ言っておけば、いつものように旦那も納得するだろうと思ったのよ。とんでもない。あんなに怒り狂う旦那は初めてだった。加賀の野郎なら——先生じゃなくて野郎呼ばわりよ、いきなり――さっきまで、ここにいたんだぞ。だったらおまえは、いったい誰と、どこにいたと言うつもりなんだと、血相を変えて詰め寄られた。殺されるかと思った」

コーヒーを注ぎ足す。ゆっくりと。

「仕方なく、きみたちとのことを正直に打ち明けた。どっちみち加賀先生の家にいたことは事実なんだから、どうしようもない。いろいろ恩義のある加賀先生にならともかく、息子とさほど歳の変わらない男の子ふたりに女房が弄ばれたときては、さすがに旦那も頭にきたでしょう。でも、それだけならば、まだ夫婦で話し合う余地もあった。問題は、あたしがきみたちと乱交するに至った経緯。それを知って旦那は仰天した。そしてさらに憤怒を爆発させた。なんと女房は、若い男たちと乳くり合いたいがために、あろうことか、息子の仙太郎を生贄《いけにえ》として、加賀のヒヒ爺いに差し出したのだ、と」

マグカップの前で初めて、加賀のことをヒヒ爺い呼ばわりしてやったが、卓也はいま、それどころではないようだ。

（い、いや、そうじゃない。そうじゃないでしょう、全然。それだとまるで遥子さんが首謀者だったみたいに聞こえる。ちがうじゃないですか。そもそもは加賀先生のせいじゃないですか。すべて、先生がセンくんを我がものにしたいがために、遥子さんを犠牲にしたいですか。

のであって……）

「そんな正論、旦那は聞く耳、持たなかったし、たとえ聞いても屁理屈だとしか思わなかったでしょうよ。とにかく、女房が色惚《いろぼ》けのあまり、たいせつな息子を犠牲にしてしまった、という構図にしか見えなかったわけよ、旦那にとっては。これで離婚されなければどうかしてるし、あたしが親権を失ったのも当然すぎるほど当然というものでしょ」

こん、こん、とドアにノックの音がした。「どうぞぉ」と応えると、「すみまーせん」とクミちゃんが顔を出した。「いま男優さんたち、到着しましたぁ」

「あら、よかった」

「急いで準備して、あと、十分くらいかな、なのでヨーコさんもそろそろスタンバイ、お願いしまっす」

「ほーい。了解。あ、クミちゃん、待って。お願いがあるんだけど。そこの——」と、あたしはホットポットの横のコーヒー自動サーバーを指さした。「それ、スタジオへ持っていっておいてくれない？　ベッドから、よく見える位置に置いておいて」

「え？　えーと……」怪訝《けげん》そうに首を傾《かし》げるクミちゃんに、あたしは笑って、掌をひらひら、振ってみせた。

「小道具よ、ちょっとした小道具。あ、そっか。クミちゃんは前回の撮影、いっしょじゃなかったよね。だいじょうぶ。監督にはちゃんと許可、もらってるから」

「そうですかあ？　じゃ――んしょっと」

「ちょっと重いから気をつけてね。撮影が始まる直前、そのスイッチを入れたら、カップにコーヒーが入る。あとは、さわらなくてもだいじょうぶだから。ね？」

「判りました。でもコーヒー、って。あ。ひょっとして、さっき言ってた、アドレナリン云々《うんぬん》のための小道具ですか、これ？」

「ま、そんな感じかな。よろしく」

コーヒー自動サーバーを持って、クミちゃんが消える。あたしは卓也にコーヒーを注ぎ足した。

「さて。もうあんまり時間がないから、さっさと終わらせましょ。卓也くん、きみ、まだ言わなきゃいけないことがあるでしょ、仙太郎のことについて」

（え。センくんの……って？）

「あたしがなにも知らない、なんて高を括《くく》らないことね。きみ、加賀先生が仙太郎を狙っているなんて夢にも思っていなかった、なんて言ったよね。嘘おっしゃい。そもそも、きみが仙太郎を抱いたのって、先生の差し金だったんでしょうが」

息を呑む気配が伝わってくる。

「だんまりを決めたってだめ。知ってるよ。ちゃんと知ってる。仙太郎は、家庭教師をしてくれていたきみに好意を抱いていた。好きだったのよ。とっても好きだった。セックスしたいと思っていたかどうかはともかく、もしもきみに迫られたら、おそらく断らないだろう、と。そうと知った加賀先生、狡猾《こうかつ》にもそれを利用しようとした」

ぴりぴりとした緊張が伝わってくる。

「きみは知らなかったかもしれないけど、仙太郎はね、加賀先生のことを毛嫌いしていたんだ。それは、あたしのせいでもあるんだけど。きみに家庭教師をしてもらうようになる前だから、仙太郎が中学生のとき、家へ押しかけてきた加賀先生にやられてるところ、あの子に見られたことがあったんだ」

こちらの思い込みかもしれないが、妙に興味をそそられたかのような気配だ。

「そのときも旦那は、たまたま留守だったんだけど、先生、よっぽど溜まってたのかしらね、予告もなく、いきなりやってきたかと思ったら、お茶を出す暇もなくテーブルに押し倒され、スカートを擦り下ろされた。パンストの股間、びりびり破られ、バックからずんずんやられている最中に、学校にいるはずの仙太郎がそこへ現れたんだ」

（それは、どうして？）

「急に体調が悪くなって早引けしたらしい。帰宅してみたら母親が、お祖父《じい》ちゃんみたいな男にずんずん背後から、のしかかられていたんだから、そりゃあショックだったでしょうよ。でも、さすが加賀先生、仙太郎に目撃されても慌てず騒がず。あの子に、なんて言ったと思う？　だいじょうぶだ、ほら、きみもここへ来たまえ、もう中学生なんだし、いい機会だから、三人でいっしょにやろうじゃないか、と」

　もちろん表情は見えないが、さすがに卓也も絶句したようだ。

「ただの3Pじゃなく、母子相姦《ぼしそうかん》まで堂々と提案するとは。さすがに呆《あき》れたけど、仙太郎にとっては笑いごとじゃない。なにしろ、たいせつな母親にいけないことをしている男なんだもん、先生のこと、いまにも殺しそうな眼で睨《にら》んで、逃げていったわ。それ以来、加賀先生のこと、いっそう毛嫌いするようになった。もちろん、両親との力関係のこともあるから表面上は、おとなの態度で丁寧に接してはいたけどね。先生も、その敵意をちゃんと察知していた。だから――」

　マグカップを、じっと睨みつける。

「きみを巻き込むことにした。曰《のたまわ》く、まずおまえが仙太郎を抱いて、男同士の行為に慣れさせておけ、と。そうでしょ？　いまさら否定したって無駄よ。あたしは、ちゃんと知っている」

　マグカップの中味をたしかめた。コーヒーはまだたっぷり入っている。あたしの声は卓也に聞こえているはずだ。

「だいじょうぶだ、あの子はおまえのことを好いているから抵抗はすまい、おまえだって実はひそかに、あの子のことを可愛《かわい》いと思っているんだろ？　だったら、たっぷり男同士の悦びを教えてやれ、ひとりでやるのが物足りないというなら、時機を見計らって、信孝も加え、三人ですればいい、と」

マグカップが、あたしの手の中で、ぶるぶる震えたかのような錯覚。

「そう言われたんでしょうが。え。そしてほいほい、言われたとおりにしたんだ。そうだろ。旦那の出張の日、加賀のヒヒ爺いがどういう意図で、あんたたちを自宅へ呼びつけたのか、まったく知らなかったなんて、言わせないわよ。おまえはちゃんと知っていた」

自分でも意外なくらい、激情が迸《ほとばし》った。卓也の呼び方が「きみ」から「あんた」、そして「おまえ」へと、めまぐるしく変わる。

「おまえは知っていて、あたしをあのヒヒ爺いに差し出したんだ。あたしは……あたしは本気で、おまえのことが好きだったのに……おまえに抱かれて、愛してもらって、しあわせだったのに、あんな……あんなひどい、ひどいことを、あたしに」

（え……えと、え、え、え？）

さすがに卓也も変だと気づいたらしい。困惑しているマグカップに、あたしは、にたりと笑いかけてやった。

タンクトップを脱ぎ捨てる。パッドがいっしょに落ちて、乳房もなにもない、真っ平らな胸が露《あらわ》になった。マイクロミニを腰から擦り下ろし、パンティを脱ぎ捨てる。そしてマグカップの鼻面へ——どこが鼻なんだか知らないが——あたしの、だらりと萎《な》えたままのペニスを突きつけてやった。

「おまえがマグカップでなけりゃ、いまここで、その尻を犯してやるところだ」

(よ、遥子さん、じゃ、な……なくて、き、まさか、ま、まさかこれ……これは……きみは？　きみは、まさか……)

「そうだよ。仙太郎だ。さて、種明かしもすんだところで、おまえを——」

(ちょ、ちょっと待て。まってくれ。セ、センくん？　センくん、だって？　いや、そんな……そ、そんなはずはない。どう見てもきみは……きみがセンくんだなんて、あり得ない。だ、だって……)

「おまえが死んだとき、十六歳だったのならば、いまは二十歳そこそこのはずなのに、とてもそうは見えない、ってか？」

(そ、そうだ……え、え？)はっと衝撃を受ける気配が痛いほど伝わってきた。(ま、まて、まさか……ま、まさか)

「やっと判ったか。ばかやろうが。おまえが死んでから四、五年だなんて、あれは大嘘だよ。三十年だ。おまえが死んでから、もう三十年、経ってるんだ」

（三十年……さ、三十年って）もしも口があったらいまにも泡を噴きそうだ。（な、なんで、さ、三十年って、そんなに、そ、そんなに経っているのなら、なんでいまさら？　なんでいまさら、おれを……）

「復讐に決まってるだろ。おまえのこと、のうのうと死なせておけるか。おまえが試してみようっていうから、三人でやったんだ。あたしは信孝のことなんか、別になんとも思っちゃいなかったのに。おまえの頼みじゃなければ、ふたり同時にアナルへ挿入れさせるなんて、絶対に拒否してたんだ」

　卓也と信孝、二本同時にアナルを刺し貫かれたときは信じられなかった。一本だけでもあたしのおなかは満杯なのに、二本だなんて物理的に不可能としか思えなかった。

　だいじょうぶだよと猫撫で声でなだめたのは信孝だ。もうこれまでに相当、卓也に慣らしてもらってるんだろ？　どれ。ほら、ぱっくりと、きれいに開くじゃないか。その気になれば拳をふたつ挿入して、おなかのなかでジャンケンできるくらいだよ。だいじょうぶ、おれと卓也の二本なんて、余裕で受け入れられるって、と。そのとおりになった。信孝が前から、卓也が後ろから、あたしの穴の粘膜を思い切り押し広げる。にちゃにちゃ、ずぶずぶ、跳ねまくりながら。

激しく動きながら、卓也は下からあたしの乳首を指でいじくり。そして身体をほんの少し、横にずらした。あたしの後頭部が卓也の肩から、いまにもずり落ちそうな姿勢に。

卓也の唇が耳のすぐ横へきたと察し、あたしは顔を捩《ね》じ曲げた。じゅるじゅると唾液の音を響かせ、あたしは卓也の唇をむさぼり、舌を吸い込む。

そこへ信孝の舌が割り込んでこようとするが、二本のペニスの激しい動きによって二人の動きがぶるぶるぶるぶる、常に揺さぶられているため、なかなか唇を重ね合わせられない。ああん、もどかしい。

長く突き出された信孝の舌とあたしの舌がまるで剣戟《けんげき》のようにぶつかり合っているうちに、ようやく蓋が瓶の口におさまるようにして、あたしと信孝の唇は互いにぴったりと重なった。夢中で彼を吸うあたしの唇の端から涎《よだれ》が尾を曳《ひ》き、飛び散る。

再び下から卓也の唇が割り込んできて、三人の舌が絡み合う。ぴちゃぴちゃ、くちゅくちゅ、ああ、淫《みだ》らで、とっても、とってもいやらしい音をたてて。

自分と信孝の腹部に挟まれたあたしのペニスは三人の身体の動きに翻弄され、ぐにゅぐにゅ、ずりずり擦られ。ふたりのあいだに挟まれ、あたしは子宮のなかにすっぽりと包み込まれた胎児のような至福に、ただ陶酔。卓也の胸板があたしの背中に、信孝の胸板があたしの胸に、大量の汗を膜にして、ぴったりと吸いつき。いまあたしのすべてが。

「しあわせだったのに……くそッ」我知らず涙を流している自分に気づき、あたしは舌打ちした。メイクをやりなおさなきゃ、と変に冷静に考えていたりもする。「しあわせだったんだ、あたしは。あんたと信孝に同時に愛されて、ほんとうにほんとうに、しあわせだったんだ。なのに……なのに、なんで、なんで、よりによって、あんなヒヒ爺いに。ちくしょう。許さない。絶対に、おまえを許さないからな。思い知らせてやる。あたしがどんな気持ちだったかを、いまから」

　マグカップを掲げ持った。鏡のなかでポーズを決める。

「いまから、おまえを呑んでやる。判るか。おまえはこれから、あたしのこの身体に憑依するんだ。あたしの代わりに、これからアナルを犯されてこい。それも普通のアナルじゃない。いまスタジオには五人、男優がスタンバイしている。アクロバティックな体位が得意で有名なやつらばかりだ。二本同時どころじゃない、三本、四本、いや、いっそ五本、まとめてぶっ込まれてこい」

（ま、まて、まて。落ち着け。それは危険じゃなかったのか？　賦活剤のおれをいま、呑んだら、きみの身体がどうなるか判らない。想像もつかない、危険なことが起こるかもしれないんだぞ。それを、そんな……）

「あほうが」げらげら、あたしの笑い声は、品がないというよりも、いっそ無邪気なくらいだった。「なんの確証もなく、こんな無謀なこと、やるもんか。もうすべて、実証済みなんだよ。実証済み」

（実証……？）

「あれから、もう三十年も経っていると言っただろ。加賀のヒヒ爺いも、とっくに死んでるよ。癌《がん》でな。あたしはね、そのヒヒ爺いの遺骨を墓から失敬してきて、一度、実験をしてみたんだ」

（え……て、てことは……まさか、嘘だろ、え、う、嘘だろお？　おいッ）

「嘘なもんか。加賀の骨で、いまのおまえと同じ、交信ツールをつくってもらった。常与村の噂を聞いたのは去年のことだったが、行ってみようと思い立ったのは先月だ。最初はそれで、どうしてやろうなんてつもりもなかった。ただ、あたしの家族の人生を狂わせたことをどう思っているのかと。そう責めてやりたい気持ちだったんだ。そしたら、三十年前の真相が明らかになった。もちろん、あたしを自宅でひとりにするためにママが誘《おび》き出された経緯を薄々は知ってたよ。けれどそれも、おまえと信孝は加賀に利用されただけだと、なんとなくそう思い込んでいたんだ。そしたら、そもそもおまえがあたしを誘惑し、抱いたことからして加賀の差し金だったというじゃないか。そうと知って、あたしがどれほど絶望したか、判るか。おまえだけは……おまえのことだけは愛《いと》しく想ったまま人生を終えたかったのに。この糞《くそ》が」

（ちょ、ちょっとまて。おれを呑んでしまったら、きみは自分の身体を乗っ取られてしまうんだろ？　そうなんだろ。そ、それとも、それとも、それも嘘だったのか？）

「乗っ取られるさ。ただし一時的に、な。身体のなかに入った死者の成分が飲み物といっしょに排出されると、もとどおりになる」

（だ、騙《だま》したな、騙しやがったんだな）

「うるせえ。抵抗できるものならしてみろ。これから加賀と同じ目に遭わせてやる。このコーヒー飲み干したら、さあ、男ばかりの6Pが待ってるぜ。言っておくが、あたしがどれほど激しく抵抗しようが、それはすべて演技だと監督は了解しているから、そのつもりでいろよ。おまえがどうなるのか、楽しみだ。加賀のやつは失敗だったけどな」

（失敗？　し、失敗、って）

「撮影が終わった後、あたしは自分の身体に戻った。コーヒーを入れて、訊いてみてやったんだ、ヒヒ爺いに。どうだった、って。そしたらやつめ、泣くほど悦んでやがった。もう一度、いや、一度と言わず、もっともっとやってくれ、だとさ。とんだ当て外れだ。だから、あいつはいま――」と、ドアを指さした。「いまメイクの娘にスタジオへ持っていってもらっただろ？　あの装置にセットしてあるマグカップが、実は加賀のヒヒ爺いなんだ。そう。さっき言った、コーヒーを自動的に補給する装置さ。あいつにはこれから、あたしのこの身体が凌辱《りょうじょく》されるさまをたっぷり見物させてやる。つまり、そう、おあずけを喰らわし、指を咥《くわ》えさせてやるって寸法だ。ただし、それでも悦ぶようだったら、おてあげさ。もうあのカップは割って棄てるしかない。さて。おまえはどんな楽しい反応を示してくれるのかな。人生、初アナルに」

（ま、まて、まってくれ、お願いだ）

「あたしはね、たとえあのヒヒ爺いに犯されようと、そのことに、おまえさえ、おまえさえかかわっていなければ、ここまではしなかった。ママにだって、責任はないかもしれないけれど、恨めしい気持ちはある」

（な、なにをしたんだ、遥子さんに）

「別に。なにもしていないよ。せいぜいママの名前でアダルトビデオに出演しまくって、腹いせをしている程度さ。どうせいま軽く惚けが入っていて、特養ホームで暮らしているから、別に気にもしないだろうけどな。そうそう。三十年前、おまえと信孝に抱かれたときのことを訊いたら、さも嬉しそうに、二本のペニスの逞しさを褒め讃《たた》えてたよ。さて、おまえが済めば、あとは信孝ひとりだ」

（ま、まて、まってくれ、センくん、話を、はッ、話をッ、話を聞いてくれッ）

「なにしろあたしも、もう歳が歳だからね。信孝がいつ死ぬか、のんびり待っていられないかもしれない。まあ、あんまり長生きするようだったら、あたしがこの手で殺してやるよ。遺骨を手に入れたら、あいつにも、加賀とおまえと同じ目に遭わせてやる」

あたしはマグカップに口をつけた。

（や、やめろッ、やめてくれえええッ）

卓也の絶叫を無視して、あたしはこの世でいちばん不味《まず》いコーヒーを飲み干した。

彼女の眼に触れるまで

初対面のその女性客はストゥールに腰を下ろしながら「ペリエ」と注文した。「ごめんなさい。飲めないの」と一見愛想よく、しかし明らかに、おざなりにフォローを入れてくる。

いかにかたちよく眉毛《まゆげ》を隠すかに命を懸けているかのようなカットのボブに、押しつけがましい露出のオフショルダーの服など、年齢は二十歳《はたち》そこそこという推定以外は受け付けませんのでそのおつもりで、と言わんばかりの若づくりがちょっと痛々しい。実際はおれと同年輩か、へたしたら歳上だろう。どこかでナンパしたのか、それとももともと知り合いなのか、連れの男はいつもながらなかなかのボランティア精神の持ち主である。というか、単に見境いのないイエローフィーバーなだけだが。

他の常連客たちから「オゥさん」と呼ばれている男だ。なにかにつけ意味のない「オゥ」が口癖の、典型的なアジア人女性フェチの白人で、未《いま》だに本名も職業も知らないが、聞くところによるとおれよりも七つか八つ上だという話もある。もしもそれがほんとうなら、いま四十か四十一歳ということになるが、ちょっとそうは思えない。七〇年代か八〇年代くらいのアメリカン学園ドラマの餓鬼大将の金魚の糞《ふん》的お調子者役の俳優が時代がかった髪形もなにもかもそのままおとなになったみたいな、とっちゃん坊や的風貌《ふうぼう》が祟《たた》ってか、逆に老けて見える。それが店に現れるたびに毎回ちがう日本人女性を連れてくる。普通ならお盛んな遊び人のポジションを確保していてもおかしくないのに、ボランティアかヘルパーに付き添われている徘徊《はいかい》老人並みのイメージで停滞中だ。

今夜も今夜とて笑顔で「ピーニャカラーダ」と注文するオゥさんに、そんな自覚はまったくないらしい。くだんの若づくりの連れがペリエを頼んだのは、ここで長居をするつもりがないことの婉曲《えんきょく》な意思表示かもしれないとは夢にも思っていないようだ。もちろん彼女の本性がけっこうな呑《の》み助のはずというのは初対面のおれの勝手な決めつけに過ぎない。ほんとうにペリエが欲しかっただけという可能性だってゼロではないわけだが、いつも以上に浮足立ったオゥさんの姿との対比のせいもあってか、つくり笑いの下から、しらけた気分ばかりが滲《にじ》み上がってくる。

お義理にひとくちも舐《な》めないで即座に立ち上がって店から出てゆくんじゃないかとも思ったが、せっかく女性客から入ったペリエのオーダーだ。佐保梨《さほり》本人は、男の客でもかまわない、むしろそちらのほうがおもしろい、なんて言うが、そんなの、おれにとってはなんのメリットもない。

オゥさんと連れの女に交互に微笑《ほほえ》んで、それぞれの飲み物を用意する。佐保梨のタンブラーグラスを取り出し、氷を入れた。泡立つペリエを注ぐ。もう何十回もくり返してきた手順だから、仮にひと並み外れて注意深い客がこちらを見ていたとしても気づくまい。おれがどれほど緊張してこのタンブラーに触れているかに、は。

オゥさんがことさらに親密さをアピールしようとしてか、しきりに「カスミちゃん」と呼んでいるその女は、ペリエが注がれたタンブラーを手に取った。おざなりの愛想笑いのまま口をつける。かたちばかりかと思いきや、喉《のど》が渇《かわ》いていたのか、ごくごくと一気に半分以上を飲み下す……と、そのとき。

ふいにオゥさんが口をつぐんだ。テーブル席にいた別の客が、ちらりとカウンターのほうを一瞥《いちべつ》してくるほど、それは唐突だった。あれほど彼女の気を惹《ひ》こうとどうでもいいことをのべつ幕なしに喋《しゃべ》っていたオゥさんを、ほんの一瞬にせよ黙らせたのはカスミちゃんの表情の劇的な変化だ。

「へイ、ユ……ユー、オーライ？　だいじょぶ？」

不安げに訊《き》くオゥさんを一顧だにしない。彼女の顔からは先刻までのおざなりな愛想笑いが完全に消え失《う》せていた。それだけではない。本来どちらかといえば緩《ゆる》く円《まる》みを帯びているはずのカスミちゃんの容貌が、似顔絵のデッサンが狂ったかのように鋭角的に引き締まっている。異形とも呼ぶべき美貌がほんの一瞬、顔面の下から仄《ほの》めいた。そこにいるのは、もはやカスミちゃんではない。佐保梨だった。まぎれもなく。

もちろんそれは錯覚だ。しかも、おれ限定の。いくらタンブラーとペリエを介して佐保梨の自我が彼女に憑依《ひょうい》し、身体《からだ》を乗っ取ったからといって、カスミちゃんの顔の造作まで変わってしまうわけではない。

とはいえ、なんだかよく判らぬものの、カスミちゃんがいきなり面変《おもが》わりしてしまったかのようなその一瞬は、見る者に強烈な印象を与えたようだ。特にオゥさん。自分はなにか彼女の気に障るようなことを言うかするかしただろうかと狼狽《ろうばい》しきっている。そんな彼を尻目《しりめ》にカスミちゃん、もとい、佐保梨は品定めするかのように自分のものになったばかりの両掌を交互に眺めた。

「エニシン、ロング？　ユー、オーケイ？　だいじょぶ？」と訊いてくるオゥさんを、初めて気づいたかのようにまじまじと凝視した佐保梨、にまっと微笑んだ。先刻までのおざなりさはどこへやら、至って愛想よく。もちろんその笑顔だってしょせんはかたちばかりで実のかけらもないことを知っているのは、いまこの店内ではおれくらいだろうが。

「ね、ねえ、ホントに、どしたの？」と重ねて訊くオゥさんを「ううん」と首を横に振ってみせて遮《さえぎ》った。「なんでもないよ。ちょっとお手洗い、行ってくるね」

「は？　オ、オゥ、イエス」

　今回、自分がどんな女に憑依したのかを早速、鏡で確認したいのだろう。緑色のサコッシュを手に、さっさと立ち上がって店の奥へと消える彼女を見送っていたオゥさん、ふと眉根を寄せた。

「ねえ、マスター。彼女ってさ」いつものように、女を相手にするときとは打って変わって流暢《りゅうちょう》な日本語に切り換える。「この店に来たこと、あるの？」

「さあ？」グラスを拭《ふ》く手を止め、考えるふりをしてみせた。「わたしは記憶にないですね。多分、初めてではないかと」

「だよね。行ったことのないお店がいいって言うから、じゃあ〈リボーン〉にしようってことになって、連れてきたんだけど」店の奥のほうを窺《うかが》いながら、首を傾《かし》げた。「なんの迷いもなく、入っていったね、トイレに。誰にも、なんにも訊かずに」

「そりゃあ、お手洗いの場所といえば、あそこしかあり得ませんしね。この狭い店のなかでは」

「でもボク、初めてここへ来たとき、けっこう悩んだけどな。手前の収納の扉が紛らわしいうえに、ドアがちょっと奥まったところの段差の向こうだったりして。もちろん、迷うってほど複雑なわけじゃないから、悩まないひとは悩まないんだろうけど。それにしてもあんなに、すんなり行けるもの？」

たしかに。それはここ〈リボーン〉を佐保梨の蘇生室《そせいしつ》として使うに当たっての小さな懸念材料のひとつではあった。彼女のタンブラーでペリエを飲ませる相手が以前にもこの店を利用したことのある客ならば、その人物に憑依覚醒《かくせい》した佐保梨がなんの案内も要せず、まっすぐにトイレへ向かったとしても誰も変とは思わない。しかしそれが初来店の客だった場合、間取りの確認もせずにいきなりお手洗いへ直行したりしたら、ちょっと不自然に映るのではないか、と。

佐保梨には一応、気をつけるようにと注意をしてあるが、これは改めて考えてみるまでもなく、彼女としては気をつけようにも気をつけようがない。本来死者である佐保梨の自我の主観としては毎回、なんの前触れもなく赤の他人の身体を乗っ取るかたちで蘇生させられるわけだ。その乗っ取った相手が〈リボーン〉の常連なのか新顔なのかなんて区別する術《すべ》が、いきなり現世へと放り出される彼女にあろうはずはない。たとえ以前に憑依したことのある人物だとしてもトイレの鏡で顔を確認するまでは、そうだと判らない。その客が初めてであろうとなかろうと、さっさとトイレへ行くしかないし、それが多少の不自然さを醸し出したとしても致し方ないわけだ。初来店の客の場合は彼女にだけ通じる合図を送っていたこともあるのだが、佐保梨がめんどくさがって覚えようとしなかったため、いまではうやむやになっている。まあ、こんな場末の小さなバーに立ち寄ろうなんて、顔馴《かおな》染《じ》みも含めて、大半はすでに他の店で食事その他を終えている酔っぱらいであろうから、そんな細かいことに気づく者なんてそうそういないだろう……と思っていた。これまでは。

百武《ひゃくたけ》から佐保梨を譲り受けて、そろそろ丸一年。店内での彼女の憑依覚醒時の表情の微妙な変化に気づく者はこれまでにも何人かいた。もちろん、文字通り別人格に入れ替わっている、なんて通常の想像力の及ぶところではないから、それでなにかトラブルになったりしたためしはない。が、これまでことさらに見咎《みとが》める者が皆無だったからといって、いつまでもそうとは限らない。いずれひとりくらいは不審を表明する客が現れるかもしれないな、とは思っていたが、まさかオゥさんがその第一号になるとは予想だにしなかった。それほど侮《あなど》っていたつもりはないのだが、正直意外だ。こう見えて、けっこう鋭い観察眼の持ち主なのかもしれない。

首を傾げてはトイレのほうを窺っているオゥさんを尻目に、おれのスマホに着信があった。「失礼」と表示を一瞥すると、見覚えのない番号が並んでいる。どうやら佐保梨がカスミちゃんの緑色のサコッシュのなかから彼女のスマホなりケータイなりを見つけ出したようだ。「はい」と応じてみると、はたして、さきほど聞いたばかりの「ごめんなさい、飲めないの」という建前を並べたのと同じ声が耳へと流れ込んでくる。

「お忙しいところ、すみません」こういうときだけ、彼女は敬語だ。なんとも、わざとらしく。「今回は例の権利、行使なさいますか？　それとも」

この「権利」とはずばり、佐保梨が支配するカスミちゃんの身体を、おれが望むならば好きにしていい、という意味だ。現在、午後九時半。これから明日の朝、午前九時半までの十二時間、佐保梨はカスミちゃんとして過ごす。普段は冥土《めいど》という虚無の牢獄で眠っている彼女が、ひさびさに生身の肉体という娑婆《しゃば》の空気を満喫するわけだ。改めて強調するまでもないが、佐保梨がこの恩恵にあずかるためには、おれの存在が必要不可欠。その協力と引き換えに、十二時間限定のシンデレラアワーのうちの何時間かを、おれとのご休息タイムとして奉納する、という取り決めになっている。ただし毎回必ず、というわけではなく、あくまでもおれが望むならば、だ。

「あー、いや。お天気が心配なので、今回は様子を見ることにします」

嘘かほんとか知らないが昔、権利を保留するという意味の英単語、レインチェックを「雨をチェックする」と誤訳したまま出版された本があったそうだ。それに因《ちな》んで、他の女の肉体を纏《まと》った佐保梨を抱く権利を辞退する意向を伝える際、「雨をチェックする」というふたりのあいだだけで通じる隠語を当初は使っていた。が、なにしろパーソナルスペースのあまり広くない店内のこと、誰が気まぐれで聞き耳を立てているか判《わか》らない。無駄に意味不明のフレーズを使ったせいで要らぬ関心を惹いても、めんどくさい。お楽しみを遠慮するときは「天気が心配だから様子を見る」と佐保梨に伝えるかたちに落ち着いた、という次第だ。

「了解です。では今回も、なし、ということで」

「今回も」の部分が心なしか皮肉っぽく聞こえるのは気のせいか。昨年のいま頃、すなわち佐保梨の蘇生アシスタントを始めたばかりのときは、カスミちゃんレベルの女であれば喜んで権利を行使していたのに、いまやすっかり舌が肥えちゃって、とでも言いたいのかもしれない。

おれがスマホを置くのとほぼ同時にトイレのドアが開く音がした。入店時とは打って変わって、きびきびとした動きで戻ってきたカスミちゃん（＝佐保梨）はストゥールに腰を下ろそうともせずに、オゥさんの肩を、ぽんと叩いた。「ね。どこか、行きましょ」

「ホワッ。え。えー？」

「ただ飲むんじゃなくて、思いっきり弾《はじ》けるというか、うーんと、そうね」前屈《まえかが》みになって、オゥさんの耳もとで囁《ささや》いた。「ふたりきりになれるところで。ね？」

生身の肉体を得た佐保梨がシンデレラアワーをその都度、どんなふうに過ごしているか、おれはまったく把握していないが、〈リボーン〉内に留《とど》まることは、まずない。同伴者の有無や数などそのときの状況によって段取りはさまざまだが、ともかくあれこれもっともらしい口実をつけて即座にどこかへ出かけてゆく。従って例の権利の行使に関してこちらは、ただひたすら彼女からの連絡待ちで、それ以外の時間、佐保梨がどこで誰となにをしているかは、まったく不明。ただ数時間、女体を献上してくれさえすれば、こちらの関知するところではない。

とはいえ、おれが権利を行使すると表明したにもかかわらず、佐保梨からなんの音沙汰《おとさた》もないまま時間切れになってしまうことも、たまにある。「いやあ、ごめんごめん、街なかで引っかけた男がしつこいやつでさ。延長に次ぐ延長でどたばたやってるうちに、ソエイドアウトしちゃった」とか後で、ごまかされるのはまだいいほうで、たいていは知らん顔のままスルーされる。

何度強調しても強調し足りないが、佐保梨がひとときの娑婆の空気を吸えるかどうかはこのおれ次第なのだ。その気になれば、彼女の自我の容れ物であるタンブラーを叩き割って、永遠にその魂を抹殺することだって、いつでもできる。そんな生殺与奪の権を握っているはずのおれに対して、唯一の交換条件である女体献上を、ごくたまにとはいえ、平気でおあずけを喰《く》らわせてくる。なかなか挑発的というか、佐保梨らしい。

生きているときから、そうだった。男に対しては常に挑発的に、露悪的に、そしてどこまでもサディスティックに振る舞う。いったいなにが楽しいのか、いや、なにが楽しいのかはよく判っているが、佐保梨はその知力と体力の限りを尽くして、男から引き出せるだけの敵意と憎悪を引き出す。引き出した害意を操り、極限まで増幅させては自分にぶつけさせる。サドなのか、それともマゾなのかはともかく、それが生き甲斐《がい》なのだ。互いに極限まで傷つけ、傷つけられ、破滅ぎりぎりの崖《がけ》っぷちまで相手も自分をも追い詰める。踏み留まったら踏み留まったで、さらなる修羅場を自ら引き起こし、人間の尊厳破壊行為とも呼ぶべき言動を、ある種の殉教的な熱情をもって反復する。いつ、ほんとうに殺されてもおかしくない。百武を相手に、弟の賢人《けんと》を相手に、そしてこのおれを相手に。四六時中、悪趣味なチキンレースに興じているかのようだった。

その行き着くさきは、自分が被害者となる殺人事件だった。そんな最悪の結末を招いてしまったというのに、死してなお佐保梨は、おれを試そうとする。どこまでないがしろにすれば、おれが限界に達するか。ひとおもいにタンブラーを叩き割るか、それとも踏み留まるか。ぎりぎりの分かれ目を見極めようとしている。いや、そんなもの、とっくに見切っているのか？　特にこれといった他意もなく、ただ呼吸するかの如《ごと》く自然体で、おれを翻弄《ほんろう》しているだけなのかもしれない。要するに佐保梨は、そういう女だ。

「さ、いこ。早く行こうよう」とカスミちゃん（＝佐保梨）に促され、オゥさんは立ち上がった。口は半開きで、ピーニャカラーダは手つかずのまま。しきりにこちらの様子を窺うので、「また今度でいいですよ」とお代の件は安心させてやる。

ようやくトレードマークの野暮ったいショルダーバッグをかかえ、意気揚々といった態でカスミちゃん（＝佐保梨）に付いてゆくオゥさんを見送りながら、おれは佐保梨のタンブラーを洗う。乾かし、専用ケースに戻した。このタイプの容器はこれしか店内には備えていないから他のコップなどと取りちがえる心配はないのだが、やはりものがものだけに、用心深くなってしまう。

オゥさんたちが出てゆくのが合図だったかのように客がひとり、またひとりと席を立つ。無人となる寸前、最後の組と入れ替わりに「よう」と手刀を切るジェスチャーでKCが現れた。通り名がアルファベットでも、外国人ではない。胡麻塩頭《ごましおあたま》で金縁の色付きメガネの、小柄な日本人のおっさんだ。いつものガニ股のゆったりとした足どりで「暑いね、今日も」と笑いながら、さっきまでカスミちゃんが座っていたストゥールに腰を下ろすと、「ハイボールと、あと、なにかフルーツ、ちょうだい」と定番のオーダー。

「どうにも物騒だねえ、近頃は。こんな田舎でも」

いつもの大仰なKCの嘆き節に、こちらも「今度は誰が殺されたんですか」と調子を合わせる。彼の正確な年齢は知らないが、七十代前半くらいだろうか。警察OBで退職時は高和《こうわ》南署の署長だったというが、あくまでも自称で、確認した者は少なくともおれの周囲にはいない。定年間際に遠い親戚から譲り受けた土地がたまたま県警本部長官舎のすぐ隣りだったとかで、そこに家を建てたことがなによりの自慢らしい。

県警本部長といえば、地元とは縁もゆかりもないエリートたちがキャリアアップのために持ち回りで赴任してくる、つまり、いくらご近所さんとはいえ、普通は町内会に根づくはずのない方々なわけだ。そんなことも知らないのか、それとも知っていても関係ないのか、ＫＣは半ば強制的に歴代の本部長さんたちを町内会運営に参加させるんだそうな。相手の立場がなんであろうと、実年齢も人生経験も遥《はる》かに上の自分の意向が優先されるのはあたりまえ、という感覚らしく、警察関係者はすべて後輩か、へたしたら部下扱い。

むろんすべて本人の脚色付き自己申告なので、実情のほどはおれも含めて誰も知らないのだが、いつもカウンター席でひとり、ハイボールとカットフルーツをお伴に「○○（←そのときの県警本部長の名前が入る）には、もっとしっかりしてもらわんとなあ」と世相を嘆き、「今度わしからも、ちょっときつう言うとくわ」とお定まりの科白《せりふ》で締め括《くく》る。いくら高和南署長だったことがほんとうだとしても、県警本部長を顎《あご》で使うが如き口吻《こうふん》はもしかして警察庁長官でも気どっているのか、というわけで、本人の与《あずか》り知らぬところで定着した綽名《あだな》が「ＫＣ」というわけ。

　そんな町の自警団長気どりのものいいに、いつもなら「またなにか事件ですか」と返すのだが、今夜は気まぐれで「誰が殺されたんですか」と変化球を投げてみたのだ。するとKCは「誰？　って、そういや、名前はなんつったかな、あのマルガイ」被害者のことをガイシャではなく、マルガイと呼ぶのも、なにかこだわりがあってのことらしい。「うーんと。ちぇっ。やれやれ。ほんの先月のことだっていうのに。もう、このざまだ。ああ、やだやだ。なさけねえ。歳《とし》はとりたくないもんだ」

「先月？　っていうともしかして、あれかな。郊外寄りのバス停で深夜、若い男が倒れていたっていう。あれって殺人事件でしたよね、たしか」

「そう。そうそうそう。それだよ、それ。名前、なんつったっけ、マルガイ」

「知りませんよ」果物ナイフで切り分けたリンゴを皿に盛り、KCに手渡した。「ニュースで、ちらっと見ただけなんで」

「憶《おも》い出した。いもをひろう、とかなんとか、そういう」

「芋を拾うさん？」

「そんなけったいな名前、ほんとにあるもんかよ。憶えるための語呂合わせに決まってるだろ。ほんとは、えーと」フォークに刺したリンゴを、しゃくしゃく齧《かじ》る。「まあ、どうでもいいや、そんなことは。ともかく二十歳そこそこの、コンビニかなにかでバイトしている若い衆で、自分のベルトで首を絞められてた」

「ベルトですか。へえ。絞殺とか言ってたから、凶器は紐《ひも》かなにかだと思ってた」

「まあ、そこらへんは報道されていないだろうなあ」と、この店ではお馴染みの裏情報通アピール。「友だちとの飲み会かなにかで酔いつぶれて、バス停のベンチで眠り込んでいるところを襲われたらしい。普通なら物盗《ものと》りを疑うところだが、財布や貴重品の類《たぐ》いはすべて手つかずとくる」

「となると、怨恨《えんこん》かなにかでしょうかね」

「まあねえ。ホトケさんの惨状が惨状だから当然、そういう線も考えなきゃならんのだが、だとすると前回のヤマとのつながりが、どうも、な」

「前回？」洗ったショットグラスを順番に布巾《ふきん》で拭《ぬぐ》う。「というと」

「あんな恐ろしい真似《まね》をしでかすやつが地元にふたりも三人もいるなんてありそうにないから、まずまちがいなく同一犯だろう。だが、それだと問題になるのが動機だ。判るか、マスター？　つまりマルガイたちの接点はなにか、って話なんだが。これがなあ、わしの見るところ、なんにもありそうにない。となると高和では前代未聞の連続猟奇無差別殺人なんて、刑事ドラマそこのけの可能性も出てきたりして」

「前回って、なんです。最近なにか、それほど気になる殺人事件ってありました？」

「最近っていうか、一昨年、いや、あれはもう三年前か。若い女が殺されただろ」

「それが芋を拾うなにがしの事件と、なにか関係が？」

「イモじゃなくて、折茂《おりも》だよ。折茂正裕《まさひろ》」なんの脈絡もなく被害者の名前をきれいに憶い出した自分にさほど戸惑った様子もなく、ＫＣは続けた。「その折茂も三年前の女と同じように、眼ン玉、くりぬかれてたんだよ、両方とも」

ガシャン……おれの手から滑り落ちたショットグラスが、床で粉々に砕け散る。

「おっとっと。わるい悪い。善良ないち市民には、ちと刺戟《しげき》が強すぎたな。ニュースなんかでは遺体損壊って表現に留められてるよ。眼球がくりぬかれていた、なんてストレートに報道するわけにはいかんものな」

ショットグラスの破片を掃除する余裕もない。おれは茫然自失《ぼうぜんじしつ》していた。

「さ、三年前……って。その若い女って、もしかして……」

おれの言葉を遮るようにして、店の出入口のドアが開いた。とっさに「すみません、今日はもう終わりなんです」と断りかけた自分に驚く。普段の閉店時刻には、まだかなり間があるのに。このままＫＣの話を最後まで聞いていたら冷静に仕事はできなくなる、と予感したのだろう。

声がうまく出ず、咳払《せきばら》いして、ふと見るとドアのところに佇《たたず》んでいるのは、さっきカスミちゃん（＝佐保梨）と出ていったばかりのオゥさんではないか。「あれ？」と思わず不《ぶ》躾《しつけ》に指さすと、オゥさんは慌てて車のワイパーのように手をぶんぶん、横に振った。

「オゥ、ノウ。ノゥノゥ。じゃなくて、あの、ちょと、トイレ、貸してもらえる？」

「は？　え、ええ。どうぞ」

　こちらが言い終えないうちにオゥさん、ショルダーバッグをだいじそうにかかえた屁っぴり腰で、なにやらあたふたとＫＣの背後をすり抜け、トイレへ飛び込んだ。その様子を胡散臭《うさんくさ》く感じたのか、ＫＣも熱弁をぴたりと止め、メガネをなおしながら店の奥へと眼をやる。そのせいで店内にはしばし、妙な沈黙が垂れ込めた。

　どれくらい経《た》っただろう。一分か、それとも五分か。トイレのドアが開き、場ちがいな静寂はようやく破られた。オゥさんが現れたが、なにか違和感があった。なんだろうと考えてみて、思い当たる。トイレを流す水音がしなかった、と。普段は客たちの喧騒に掻《か》き消されて、よっぽどの騒音でない限り、店の奥からおれの立ち位置まではなにも届かないのだが、あれだけ、しん、と静まり返っていたのだ。ドアが閉まっていても、微《かす》かな水音くらいは聞こえてこないとおかしい、ような気がする。

「どうしたんだ、おまいさん」咎めるような口調でＫＣは頤《おとがい》を上げ、再び背後をすり抜けようとしたオゥさんを押し止《とど》めた。「さっき〈シズリードール〉へ入っていってたじゃないか、女と」

〈シズリードール〉は、おれは行ったことはないが、ここから徒歩五分ほどの雑居ビルに入っているスナックだ。

「ご不浄なら、あっちで貸してもらえばいいじゃないか。それをなんだってまた、わざわざこっちへ。女をほったらかしにして。トイレが壊れてたのか？」

「オゥ、ノゥ。ノゥノゥ。そういうんじゃなくて、ね」じりじりとKCから離れながらオゥさん、ちらりとおれを一瞥。「スマホ。そう。スマホがない、ってカスミちゃんが。そう言ったから。もしかして、ここに忘れてきたんじゃないか。ちょと見てきてくれ、って頼まれて……」

「ああ？　用を足しながらケータイをいじるのかい、いまどきの若い娘は」

「オゥ、ノゥノゥ。だからその」とオゥさん再び、おれを盗み見る。嘘くさく聞こえるのを心配しているかのような面持《おもも》ちだが、こちらはすっきり納得した。なにしろカスミちゃん（＝佐保梨）は実際にトイレからおれに電話してきていたんだから。もちろんオゥさんはそんなことを知らないわけだがと思うと、可笑《おか》しい。自然に浮かんでいたらしいおれの微笑をどう解釈したのか、それとも全然眼にも入らなかったのか、ショルダーバッグを肩に掛けなおしたオゥさん、「サンキュー、またね。シーヤッ」と、そそくさと店を出ていった。

「事件そのものはマスターもテレビか新聞で見ていると思うよ」まるで映画の場面転換さながら、すっぱり、なにごともなかったかのように話をもとに戻すＫＣであった。「当時まだ三十前の、喰いもの屋かなにかの店員だった女が、いっしょに住んでいた弟に殺された、っていう」

やっぱり……やっぱり佐保梨のことか。動揺を悟られまいと、つとめてゆっくり、床に散乱したショットグラスの破片を掃き集める。「……三年前、ですか、それが。そんなことも、ありましたっけ。あんまりよく憶《おぼ》えていないけど。それが今回のバス停の事件と、同じ犯人だって言うんですか？」

「まちがいあるまいよ。どちらも絞殺後、ホトケさんの両方の眼球をわざわざくりぬいてゆく、ってところに、なんていうのかな、頭の螺子《ねじ》の緩んだやつ特有の、気持ち悪い、こだわりみたいなものを感じるし」

「いや、でも三年前のその事件は犯人が、ちゃんと逮捕されてるんでしょ」

「なんだ。よく知ってるじゃねえか」

「いっしょに住んでいた弟に殺された、って、いま言ったじゃないですか」

「そうだよ。絞殺したのはその弟だった、ということになっている。一応な。逮捕されて、えーと、いま服役中なんだっけ。それで解決というか、事件は終わっているんだが、実はここからが当時も報道されなかった部分でな。マルガイの遺体を発見し、通報したのは彼女と同じ店に勤める同僚、というか、ひとりはオーナーだったのかな？　ともかく、ふたりの男だったんだが」

佐保梨の遺体を発見し、警察に通報したふたりの男……ひとりは百武。そしてもうひとりが、このおれだ。厳密に言えば、百武は通報していない。したのは、おれだ。さらに正確を期するならば、その時点でおれは百武がオーナーシェフだった〈レ・セラクト〉のソムリエ兼ホールスタッフをすでに辞めて、バーテンダーとして独立していた。

三年前の、あの夜……息せき切って夜道を疾走する百武の姿をおれが目撃したのは、運命の悪戯《いたずら》とでも言おうか、ともかく偶然だった。百武がこちらの存在にまったく気づいていないらしいのをさいわい、おれは一旦《いったん》、そっとその場を立ち去ろうとした……のだが。

すでに〈レ・セラクト〉を辞めていたとはいえ、高校中退後、かれこれ十年以上も世話になった、かつてのボスである。公道で出くわして挨拶もなしとはいかがなものかと普通は思うところだが、このときの百武は迂闊《うかつ》に声をかけたりしたらとんでもない災厄に巻き込まれそうな、曰《いわ》く言い難い、不吉で凶悪な雰囲気を撒き散らしていた。

冗談ではなく、これから誰か、ひとを殺しにでもゆきそうな形相だった。そう思い当たった刹那《せつな》、おれはぎくりと足を止めた。踵《きびす》を返し、遠ざかってゆく百武の背中を見る。あっちは……まさか。あのまま突き進むと百武は、マンションへと辿《たど》り着くではないか。佐保梨が賢人と同居しているあそこ……〈めぞん寿〉へ。

まさか……おれは駈け出した。百武の後を追う。とはいえ、それで自分がなにをどうしたかったのかは、よく判らない。

百武が佐保梨のマンションへ向かっているのだとしたら、どういう口実かはともかく、彼女に呼び出されたからだろう。他に考えられない。自ら彼女のもとへ押しかける度胸は百武にはない。それはおれも同じだ。そもそもそんな自由意思に基づく行動、おれたちは佐保梨から許可されてはいない。

しかし、彼女に呼び出されたのだとしても、なぜ百武はあれほどまでに切迫した様子でしかも走ったりしているのだろう？　佐保梨に会いにゆく、ただそれだけで緊張してしまうのはよく判る。おれもそうだ。いや、我々にとってそれはもはや緊張などというレベルではない。第三者の眼には鬼気迫って映っても、おかしくない。しかし。

しかし、なぜ走る？　むしろ、ゆっくり歩きそうなものなのに。毎度まいど予測もつかない切り口で容赦ない人格攻撃をされる佐保梨とのやりとりのシミュレーションなど、事前に考えておかなければいけないことは山ほどある。通常よりも、のろい足どりになって当然なのに。なぜ？　なぜ走る。そうか……あれは。

ぴんときた。あれは佐保梨に、なにか普段とはちがうことを言われたんだ、と。単に呼び出されただけじゃない。とっておきの甘言を弄《ろう》されたのだ……例えば。

例えば、いますぐここへ来れば、あたしを殺す権利はあなたのものになるかもよ……とか。百武はそんなふうに挑発されたのではないか。今夜、誰よりも早く駆けつけたら、本命の賢人を差し置くことも可能になるかもよ、などと。そう男たちを誘惑するときの佐保梨の残酷なまでに無邪気な笑い声。その悪魔の囁《ささや》きが、いままさにおれの耳もとで、わんわんと銅鑼《どら》の如く響きわたる。

百武は〈めぞん寿〉の共同玄関へと入っていった。佐保梨が賢人と住んでいる、築三十年ほどの賃貸マンションだ。十四階建てで、オートロックなどはない。

エレベータの前で呼び出しボタンをがちゃがちゃ忙《せわ》しなく押していた百武だが、函《はこ》が降りてくるのを待ちかねたのか、獣めいた唸《うな》り声とともに非常階段を駆け上がった。

一歩遅れて駈けつけたおれの眼前に、ちょうどエレベータが降りてくる。乗り込み、五階のボタンを押した。だいぶ旧式とおぼしき函は、まるで悪意があるかのようにゆったり、のろのろと上昇してゆく。

おれが函から廊下へ飛び出すのと、百武が五〇五号室のドアを開け、なかへ飛び込むのがほぼ同時だった。閉まり切る直前のドアノブを摑《つか》み、おれも室内へ入った。すると。

ぜえぜえと肩で大きく息をしながら突っ立っている百武の背中が視界を塞《ふさ》いでいる。両腕を、だらりと下げた恰好のまま、がっくり腰が砕けた。

いまにもうつ伏せに崩れ落ちそうな姿勢でひざまずく百武のすぐ眼の前で、佐保梨が横臥《おうが》していた。キャミソールふうのタンクトップにショーツという半裸姿で朱に染まっている。傍《かたわ》らには血まみれの包丁が落ちている。首には彼女のものとおぼしきパンティストッキングが蛇のように絡みついている。絶命していることは明らかだった。

はっと我に返ったおれはようやく「……シェフ」と百武に声をかけた。なんの反応も返ってこない。聞こえなかったのかと訝《いぶか》っていると彼は、ぼそりと呟いた。振り返りもせず、独り言のように。

「……おれが、やった」

「は？」

「おれが……おれが殺したんだ、佐保梨を。おれが……」

そんな与太をとばしたって、おれたちが部屋へ飛び込んだときにはすでに彼女は、こうして包丁で胸を刺され、そして首を絞められ、倒れていたじゃないか。誰がどこからどう見ても、疑問の余地はない。百武にそんな行為に及べる時間的余裕なんてなかった。一秒たりとも。絶対に。彼の後ろをぴったりとくっついてきていたおれが保証するんだからまちがいない、と指摘しようとしても、百武はしつこく反復する。

「佐保梨は、おれが殺したんだ。おれが殺したんだと言ってるだろ。なあ。おれが殺したんだってば」

「と、とにかく、早く」おれは百武をなだめつつ、スマホを取り出した。「警察に」オペレータに〈めぞん寿〉の住所を伝えているおれの横で百武が、ふいに佐保梨にのしかかった。遺体にとりすがって号泣でもするのか……と思いきや。

そこからさきの光景は憶い出したくない。百武は遺体の顔面を鷲摑《わしづか》みにするや、鉤《かぎ》のようにくねらせた指で佐保梨の眼球を、くりぬいてしまったのだ。まるで、つくりもののように、ずっぽりと。

あまりのショックに、おれは錯乱してしまった。なにをやっているんだッ、と絶叫したつもりが、掠《かす》れ声も出やしない。

「だから、おれがやったんだ、と言っているだろ」掌《てのひら》を鮮血と脳漿《のうしょう》まみれにして、百武は言い募った。「佐保梨を殺したのは、おれだ。おれが殺したんだ」

駈けつけてきた警官たちにも百武は同じ主張をくり返し、その場で緊急逮捕された。なにしろ手には遺体からくりぬいたばかりの眼球を弄《もてあそ》んでいるのだ。いくらおれが、彼が殺したんじゃない、我々がここへ来たとき、彼女はすでに死んでいたと言い上げても、どうしようもない。

　むろん警察だって馬鹿ではないから、きちんと裏づけ捜査を行った。その結果、佐保梨を殺害したのは彼女の弟、賢人であると断定。佐保梨の直接の死因は首を絞められたことによる窒息だったが、胸を刺した包丁の柄からは賢人の指紋が検出された。犯行後の逃走先で職務質問、身柄拘束された際、賢人の服には血痕が付着していて、これも佐保梨のものと一致したし、なによりも本人が姉を殺害したと自供したことが決定的だった。

　そういうわけで、遺体損壊の事実は認定されたものの、百武の佐保梨殺しの主張は虚《むな》しく退けられる。彼は永遠に佐保梨を失ってしまったのだ。彼女の命を奪う、最後の機会を逸してしまったことで。

「どうしたんだ、おまいさん？」ＫＣはまじまじとおれの顔を覗《のぞ》き込んできた。「顔が蒼《あお》いぜ。気分でも悪いのか」

「いえ……三年前のその事件、被害者の弟が犯人として逮捕され、現在も服役中なら、今回のその折茂なにがしさんの件とは無関係なのでは……」

「だから、三年前のマルガイも今回と同様、両眼がくりぬかれているんだよ。実はその遺体損壊行為に及んだのはマルガイの弟ではなくて別人で、これはちゃんと確認されているんだが」

「別人」

「第一発見者だよ。通報者のひとりだ。マルガイが勤めていた喰いもの屋のオーナーシェフかなにかで、そいつが遺体から両眼をくりぬいたのは自分だって認めているし、どうやら事実のようなんだなこれが」

「つまり」どう返したものか、途方に暮れてしまった。「どういうことです、つまり」

「決まってらあな。現在服役中のマルガイの弟は真犯人ではなかった、という可能性が浮上するってことさ。こうして同一犯人の疑いのある、第二の事件が起こってしまった以上は、な。実際、ここだけの話、そのシェフって男、遺体損壊だけではなく殺人も自分の仕《し》業《わざ》だと、ずっと主張し続けていたらしい。証拠不十分で、あっさり否定されたにもかかわらず」

「その真偽は別としても、今回の事件は三年前とは無関係でしょう。共通点は遺体損壊の手口が同じ、ってだけなんだし。それに、だいいち……」

だいいち百武は、もう死んでいるのだ。佐保梨のタンブラーをおれに託した後、首を吊って、自殺して。もうこの世にはいない。折茂なにがしに限らず、第二の事件なんて起こそうにも起こしようがない。そう口にしかけそうになり、かろうじて思い留まったおれに

ＫＣはさらに、とんでもない言葉を放ってきた。

「そのシェフはもう死んでいるんだが、三年前の事件の通報者はふたりいる、と言っただろ。そこがミソなのさ。そのふたり目の男。こいつは殺人にも遺体損壊にもかかわっていない、ただの第一発見者と看做《みな》されているんだが。実は生前のマルガイのかつての同僚で、彼女とは決して浅からぬ関係にあったらしいとくるから、聞き捨てならん」

「その、言うところの、ふたり目の第一発見者が」つまりそれは他ならぬ、このおれのことなのだが。どうやらＫＣは、問題のふたり目の男の詳しい素性までは把握していないらしい。「三年前の事件の真犯人で、しかも今回、折茂さんを同じ手口で殺した……って言うんですか」

「と、わしは睨《にら》んでおるわけだ。いや案外、これが真相にちがいないぞ。今度、町内会の集まりのときにでも、本部長に進言しようと思うておる」

そんな馬鹿な。おれはその折茂なにがしという若い男になんか会ったこともない。殺せるわけがないし、なんでわざわざそんなことをしなきゃならんのだ。そう嗤《わら》って一蹴《いっしゅう》してやりたかったが、これまでの佐保梨にまつわる出来事をあれこれ思い返してしまい胸苦しくなるばかり。

そんな上の空のおれを尻目に、いつものようにさんざっぱら裏情報通自慢に淫《いん》したＫＣ

は、やがて満足したのか、いたって機嫌よく帰っていった。店内には、おれひとり、取り残される。

閉店時刻までまだ少し間があったが、新しい客が現れる気配はない。ふと我に返ると、おれはいつの間にか専用ケースから佐保梨のタンブラーを取り出していた。

一見なんの変哲もないその容器を、ただ無為に、じっと凝視する。うっかりすると狂気の淵《ふち》に滑り落ちそうになる。その一歩手前で、かろうじて足を踏ん張っている感じ。おれは……おれはいったい、なにを、どうしたいんだろう。そう自問する。

なぜおれは、いまここで、すぐにこのタンブラーを叩き割ってしまわないのか。できることならばこの手で佐保梨の命を、もう一度、奪ってしまいたい。そう。まさしく百武が切望したように。

このタンブラーが壊れてしまえば、あの世とこの世の狭間《はざま》で留まっている佐保梨の自我は二度と賦活《ふかつ》されることなく、永遠に葬り去られる。

そもそも百武は、それが目的でこのタンブラーをつくってもらったはずなのだ。彼はあれほど渇望していた佐保梨の命を、眼と鼻の先で他者に奪われてしまった。ならば、なんとか彼女を黄泉《よみ》の国から呼び戻し、現世に甦《よみがえ》らせたうえで改めて殺すことができないものか、と。

そんな常軌を逸した願望にとり憑《つ》かれていたのだ。普通なら到底、叶えられない妄想だが、百武は諦めなかった。そして。

死者を甦らせてくれる、秘密の工房が県北部の、とある廃村に存在するらしい……そんな怪しげな都市伝説に、一縷《いちる》の望みを懸けたのである。理性もなにもかも、かなぐり捨てて。

昔から隠れ里伝説のある旧常与《とこよ》村というその場所は、普通に目指しても絶対に道に迷って、辿《たど》り着けないとされている。そこを、どうやってかは不明だが、百武は訪ねたというのだ。佐保梨の遺骨を携《たずさ》えて。

そして遺骨を材料にして、佐保梨の霊というか、残留思念のようなものと交信できる、特殊なツールをつくってもらった。それこそが、このタンブラーグラスだ。

これは空の状態では、材質が故人の遺骨という点を除けば、なんの変哲もない、ただの容器だ。そこにペリエを注いで、初めて交信ツールとしての機能を発揮する。

ペリエ以外の液体では駄目らしい。製造工程でそういう制限をかけてあるのだという。なぜペリエなのかというと、タンブラー製作依頼に当たり、百武は自分がいちばん苦手な飲み物を設定するよう、自称魔女なる職人に指示されたからだとか。

こうした制限には理由がある。容器は特定の飲み物、すなわち設定燃料を満たされることで死者の残留思念を賦活し、交信ツールとして機能するわけだが、その間、傍らにいる人間がまちがって中味の液体を飲んでしまわないための用心なのだという。百武は特に苦手な飲み物はなかったが、プライベートで外食する際、あまり積極的に注文することのないものという基準で選んだのがペリエだったらしい。

　タンブラーにペリエが入っている間、周囲の人間たちは故人であるはずの佐保梨と意思疎通ができる。死者と会話を重ねるうちに、残留思念賦活剤であるペリエは消費されて減ってゆく。ペリエがなくなると、交信不能になる。従って、長時間の会話を望むならばその都度、ペリエを補給しなければならない。中味を常に満たしておく手間さえ惜しまなければ、何日でもぶっ続けで死者と喋っていられる。交信ツールとしてのタンブラーの、本来の使用方法はざっとそういう具合だ。

　百武も当初はその「本来の」使い方をして佐保梨の思念と交信していたらしい。それがあるとき、どういう経緯だったかまでは聞いていないが、このタンブラーに注がれたペリエを飲んだ人間の身体に佐保梨の自我が憑依し、乗っ取ってしまう、という現象に気づいたのである。

　例えば百武自身がそのペリエを飲んだとする。彼の外見はまったく変わらず、生物学的には男性のままだが、その意識は完全に別人格、すなわち佐保梨になってしまう。百武の身体に憑依することで、彼女は実質的に生き返ってしまうのだ。

ただしこれはあくまでも一時的な現象に過ぎない。死者の自我を構成する成分、それが具体的になんであるかはさて措《お》き、その成分が身体から完全に抜けてしまうと、乗っ取られていた者ももとの人格に戻る。

いろいろ試してみた結果、憑依覚醒の有効時間はおよそ十二時間と百武は結論づけた。もちろんペリエを飲むかたちで賦活剤を補給すれば、その都度、有効時間が延長可能なのは本来の交信ツールとしての使用方法とまったく同じ原理だ。

この規則性を知った百武の狂喜乱舞するまいことか。佐保梨が他の女に憑依する。それはすなわち彼女が生身の肉体を得る、ということだ。これにより百武は自らの手で佐保梨を殺すチャンスを与えられたのだ……と、一度はそう快哉《かいさい》を叫んだのだが。

佐保梨を改めて殺しなおす。そもそも百武が怪しげな都市伝説にとりすがってまで彼女の甦りに懸けたのは、その一心ゆえに他ならない。そしてたしかに遺骨でつくってもらった交信ツールにより、彼女の残留思念とのコンタクトは可能となった。

だが、はたしてそれで百武は自分の欲望を満たすことができたのか。結論から言えば、できなかった。事態は彼の思惑を大きく外れてしまったのである。

自らの手で佐保梨を抹殺しようとした場合、百武にできるのはせいぜい、ペリエによって賦活状態になっている佐保梨の自我タンブラーを叩き割るくらいのものだったからだ。もちろんそれは実質的に佐保梨の存在の消去を意味するが、百武が望んだのは決して、そういうかたちの抹殺ではなかった。

いくら思念と交信できるとはいえ、タンブラーはタンブラー、どこまでいっても無機物である。それを壊してみたところで、いったいなんの満足が得られるというのか。百武が求めるのは、あくまでも有機物。生命感に躍動する女の身体なのだ。

生身の肉体を破壊したいという欲望は、佐保梨を別の女に憑依させることで解決できると、一旦は思われた。たとえ身体は別人であっても、中味の自我は佐保梨だ。これを殺すのは、無機物であるタンブラーを叩き割るのとは全然次元がちがう。代償行為ではあるものの、きっとそれなりの満足を得られるだろう、と。

しかし、そう思惑どおりに、ことは運ばなかった。百武は結局、それを実行に移せなかったからである。

〈レ・セラクト〉の女性客の何人かにペリエを飲ませ、佐保梨を憑依させるところまでは何度もやってみた。しかしどうしても、そこから先へ進めない。いくら中味の自我が佐保梨だと判っていても、百武はその女たちの誰をも殺すことは、ついにできなかった。

理由は単純明快だ。佐保梨が憑依しているからといって、その肉体はその女のものだ。

それ以上でもそれ以下でもない。いくら生命宿る有機物だからといって、そんな肉体を破壊して、はたして期待したようなエクスタシーを得られるのか……一旦そう迷い始めると、もう駄目だった。

なにしろ、ことは殺人だ。佐保梨の顔と身体を目の当たりにしていれば話は別だろうが、そこにいるのはまったく別の女なのである。どうしても心理的抵抗というブレーキが掛かってしまう。それを押し切ってまで実行して得られるものは、はたして忘我の快楽なのか。否、ただの虚《むな》しい後悔かもしれないではないか、と。

自殺する直前、百武はどういうつもりで佐保梨のタンブラーをおれに託したのだろう。もしかしたら自分と同じ絶望を味わって欲しかったのかもしれない。実際おれは、百武の葛藤《かっとう》と懊悩《おうのう》を他の誰よりも理解できる。このままだと百武と同じように精神的に行き詰まって、自らの死を選ぶしかなくなるかもしれない。

例えばおれが今夜、カスミちゃんにそうしたみたいに〈リボーン〉の女性客にこのタンブラーでペリエを飲ませ、佐保梨を憑依させたとしよう。そして中味が佐保梨の状態のその女の身体を、満足できるかどうかは関係なく、思い切って殺害したとする。それでほんとうに佐保梨の自我を永遠に葬り去れるという保証はあるのか。実は、ないのだ。

憑依覚醒の有効時間は十二時間。それを過ぎると身体を乗っ取られていた女は、もとの人格に戻る。それと同時に佐保梨の思念も、タンブラーへと返る。具体的な構造は不明だが、図式としてはそんなふうにシンプルに理解するしかない。

これに関して、ひとつ実験してみたことがある。佐保梨が別の女に憑依している間に、タンブラーに新たにペリエを注いだら、はたしてどうなるのか？　こちらはこちらで残留思念が賦活状態になるのか。すなわち別の女の肉体で活動中の彼女と並行して、佐保梨の自我がもうひとつタンブラーのなかで発生し、同人格がふたつ同時に存在する、という状況になるのだろうか。理屈としてはあり得るかとも思ったのだが、実際にはそうはならなかったのである。

別の女の肉体で活動中は、タンブラーにペリエを入れても、なにも変化は起こらない。つまり他者の肉体に憑依している間、佐保梨の思念は交信ツールであるタンブラーからは離脱していて、そして十二時間後に浮遊霊よろしく再び遺骨でできた容器へと舞い戻ってくる。ざっくり言って、そういう仕組みになっているとしか考えられない。

この事実からさらに、疑問が生じる。佐保梨が憑依している女の肉体を抹殺した場合、いっしょに消去されるのは、はたしてどちらの人格なのか？　という。

身体をそのとき支配しているのは佐保梨なのだから、いっしょに消滅するのは彼女の思念のほうだと解釈するのが自然なようにも思える。しかし、実際にはどうなるのか。これが見当がつかない。もしかしたらその肉体といっしょに滅ぶのはもとの女の人格のほうであって、佐保梨の思念はちゃっかりタンブラーへ舞い戻ってしまうだけ、なんてオチかもしれないのだ。

しつこいようだが、なにしろことは殺人である。はたして結果はどちらなのかと、迂闊に実験してみるわけにもいかない。どっちつかずのあやふやな気持ちで実行して、仮に成功したところで、期待するほどのカタルシスがもたらされるとは思えないし、失敗したら、したで最悪だ。出口のないフラストレーションに囚《とら》われ、頭がおかしくなるだけ。

百武が自ら死を選ぶほど精神的に追い詰められたのは結局、この迷いに対する答えを見《み》出《いだ》せず、どう足掻《あが》いても佐保梨は自分のものにはならないのだと絶望したからだ。そんな気がする。いや、それしかあり得ない。そして同じことはおれにも……。

狂っているのだ、どいつもこいつも。

みんな、頭がおかしい。このおれも含めて、佐保梨とかかわった男はみんな大なり少なり壊れてしまって、そしてただ破滅へ、破滅へと突き進む。

佐保梨自身が破滅へと突き進むだけの人生だったからだ。すべては彼女とその弟、賢人とのアブノーマルな関係に端を発する。

佐保梨が挑発したのが先か、それとも賢人が姉を殺そうとしたのが先なのか。鶏と卵、どちらが先かと同じで、本人たちにだって判るまい。

もちろんおれに判るはずもないが、想像するに賢人側は、少なくとも最初はそれを挑発ではなく誘惑と受け取った。姉が自分に求めているのは性交だ、と。それは象徴としての真理は一部含んではいたものの、そう単純な話ではなかった。そう悟ったときには、すでに彼の生き地獄は始まっていた。

エロスとタナトスの融合という陳腐な譬《たと》えを持ち出すのも虚しい。殺人とセックスの冒瀆的結合こそ、佐保梨が弟に求めたものだった。単なる殺意の放埓《ほうらつ》ではない。実際に首を絞めるなり、刃物で突き刺すなりの物理的攻撃に及ぶように賢人は姉に強要される。己れのデザインする自身の死を実演させることで佐保梨は陶酔し、昇り詰めるのだ。その演出のためには手段を選ばない。弟を本気の人体破壊衝動へと駆り立てるべく、賢人の自尊心を刺戟、挑発し、ありとあらゆる方法で、ずたずたに引き裂く。

儀式の如く反復される、殺人一歩手前の姉への暴力。その悪夢のような無限ループに嵌《は》まっているうちに、やがて賢人も倒錯的快楽に溺《おぼ》れるようになる。佐保梨を殺すことでしか、殺そうとすることでしか、もはや彼はエクスタシーを得られない身体になってしまっていた。

その姉弟の異常な関係に嵐のように巻き込まれてしまったのが、ふたりの雇用主だった百武であり、そして同僚だったこのおれだ。おそらく百武も、おれがそうだったように、当初はなんとか佐保梨を救済するつもりでかかわったのだ。彼女がやっているのは、弟の嗜虐《しぎゃく》嗜好を利用した自傷行為だ。つまり佐保梨が試みているのは婉曲な自殺であって、それは生きる尊さを教えてやれば必ず救ってやることができる、と。そう甘く考えていた。もちろん佐保梨の魅力の虜《とりこ》になっていたことも小さくない要因だったろうが、それはしょせん、二度と抜け出せない蟻地獄《ありじごく》に足を突っ込む愚行でしかなかった。

料理のセンスを否定されたり、離婚して離ればなれになった家族のことを嘲弄《ちょうろう》されたり、ときには暴力を装った肉体的接触で性的に誘惑されたり、ありとあらゆる屈辱的な言動でもって人格攻撃を佐保梨から受けているうちに、ミイラとりがミイラとなった。百武も、そしてこのおれも死力を尽くして、佐保梨の命を奪う権利を賢人と争うという泥沼に嵌《は》まってしまう。

佐保梨の遺体から眼球をくりぬいた百武の心情が、おれにはなんとなく理解できる。百武は佐保梨の視線を畏《おそ》れていた。どんな小さな瑕疵《かし》も見逃さず、隙あらば自尊心をずたずたに引き裂いてやろうと手ぐすねを引いて待っていた佐保梨。そのサディストの眼は恐怖の対象であると同時に、彼女とのつながりを保証する性器の象徴でもあったのだ。ほぼ唯一の。だからこそ、摘出というかたちばかりにしろ、自分のものにせずにはいられなかった。

みんな狂ってしまった。佐保梨という女とかかわってしまったばっかりに。賢人は服役し、百武は自ら死を選んだ。そしておれは……おれは、どうなるのだろう。というか、なにをしたいのだろう？

百武から譲り受けた佐保梨のタンブラー。最初はペリエを注文する女性客に佐保梨を憑依させ、婆婆の空気を吸わせてやる代わりに、ときおりその女を抱かせてもらったりはしていた。しかしそれは何度やってみても慣れない、複雑な体験だ。女の肉体のタイプはさまざまなれど、いまこのなかに入っている人格は、あの佐保梨なのだ……と。そう改めて思い当たると、眼の前の女の首を絞めたいという衝動にかられることもある。その結果、もしも佐保梨の思念を永遠に葬り去ることができるのなら、おれは満足なのか？　殺人犯になることと引き換えにするだけの価値は、そこにあるのか？　考えれば考えるほど、わけが判らなくなってくる。

思わず溜息《ためいき》が洩れた。帰宅する前に用を足しておこうと、トイレへ入る。

便座の蓋を上げようとして、ふと視界の隅に違和感を覚えた。顔を上げ、収納用の天袋を見る。小さな扉の隙間から、なにかがはみ出していた。どうやらビニール袋の把手《とって》のようなのだが……はて？

開店前に掃除したとき、あんなものはなかったはずだし、客の誰かが私物の類いをわざわざ押し込んだとも思えない。腕を頭上に伸ばし、天袋を開けてみた。某コンビニのロゴ入りの小振りのビニール袋が、予備のトイレットペーパーの横に置いてある。もちろん見覚えはない。戸惑いながら触れてみると、なにやら掌に丸いかたちでおさまる。中味を取り出してみて、驚いた。

タンブラーグラスだ。しかも、ただのタンブラーではない。佐保梨のタンブラーにそっくり……いや、瓜《うり》ふたつだ。実際に並べてみると、まったく区別がつかない。これは……なんなんだこれは、いったい？　こんなものが、どうしてここに？

ひょっとして……さきほどトイレを借りに店へ戻ってきていたオゥさんの姿が頭に浮かんでくる。あのとき？　カスミちゃんのスマホを探しにきたときに、これを天袋のなかに置いていったのか？　トレードマークのショルダーバッグに忍ばせて。いや……いや、スマホは単なる口実で、ほんとうはこのタンブラーをここに隠しにきていたのか？

だとしたら、なんのために。オゥさん自身の意思とは思えないからカスミちゃん、つまり佐保梨から指示されたのだろう。では佐保梨は、どういうつもりで……だいいちこんなタンブラー、どこで手に入れたんだ？

遺骨製の交信ツールにこれほどそっくりなのは、とても偶然とは思えない。どこで、とか、どうやってとかは不明だが、わざわざ探し出したと考えるべきだ。そしてオゥさんを使って、この店のトイレの天袋に隠した。

その意図とは……あれこれ考えているうちに、おれは確信した。もう一件、KCに言わせれば第三の殺人事件が、近いうちにもう一件、起きることを。

＊

予想通り、その事件は翌日のローカルニュースや夕刊で報道された。川沿いのラブホテルの一室で、ベッドに仰向《あおむ》けに倒れた全裸の白人男性の変死体が発見されたという。頭部に殴打されたとおぼしき裂傷と、頸部に巻きついた男性用ベルトが残っていたため、警察は殺人事件と断定。被害者といっしょに入室されたとされる女の行方《ゆくえ》を追うとともに、犯行の手口や遺体の損壊状況からして、先日市内のバス停で発生した別の殺人事件との関連も調べる方針……とある。

そこから数日にわたって報じられた後追い記事の内容も、ほぼおれの予想通りだった。被害者の白人男性の名前はクリス・フェアレイン。四十一歳。県立高和高等学校でALT、外国語指導助手を務めていた。KCに教えてもらうまでもなく、この男がいつもちがう日本人女性をナンパして〈リボーン〉へ連れてきていた典型的なイエローフィーバー、通称オゥさんであることは明らかだった。

実名はすぐに公表されなかったが、五十代の無職の女がオゥさん殺害容疑で逮捕されたという。これがカスミちゃんであることもまた明らかだ。

ＫＣ情報によるとカスミちゃんは、英会話を習いたい日本人と日本語を勉強したい在日外国人をランゲージパートナーとして引き合わせるスマホのマッチングアプリを介して知り合ったらしい。ランゲージパートナーとはものも言いようで、双方とも態《てい》のいい出会い系サイトとして利用していたわけだが、あの夜のふたりの様子を思い返す限り、少なくともカスミちゃんのほうはオゥさんのことがあまりお気に召さなかったようだ。佐保梨が憑依していなければ、彼といっしょにラブホテルへ行くこともなかっただろう。

問題はその佐保梨の思惑だ。彼女はいったいなんのつもりでオゥさんをラブホテルへ連れていったのか。少なくともセックスのためではなかったことは明らかだが。

＊

ペリエの入っていないタンブラーに戻っている限り、佐保梨の自我は賦活されない。従ってその間、彼女は周囲の出来事も時間の経過も認識できない。極端な話、いまから十年後に再び別の女の身体を乗っ取ったとしても、佐保梨にとって前回の娑婆の空気は昨日のそれと変わらない。

オゥさんが殺害されてから、ほぼ半年が経とうとしていた。真犯人である佐保梨は、ずっとタンブラーに引っ込んだままなので、そんな事情は関知していないわけだが、いまおれの眼前にいる客は彼女に負けず劣らず、時間の経過というものに無頓着だ。

「このままだと、いずれ第四のマルガイが出るね。うん」〈リボーン〉へ来るたびに十年一日の如く、飽かずに一連の事件のことを話題にするKCである。「せっかくわしが、そう忠告してやってるのに。あの若造ときたら、ろくに聞く耳を持とうとせん」あの若造とは、もちろん現在の県警本部長のことであろう。「いまに泣きっ面《つら》を曝《さら》すことになるぞ。あんな主婦ひとりを逮捕して、全面解決したつもりになっていたりしたら」

「でもオゥさんを殺したのは、あのカスミちゃんて女だったことは、まちがいないんでしょ」おれとしてはたとえ建前としても、そうたしなめるしかない。「自宅で錯乱しているところを旦那に見つかったとき、遺体からくりぬいた被害者の眼球をまだ持ったままだった、って言うんだから」

正確には、あの緑色のサコッシュのなかにオゥさんの眼球を入れていたらしい。殺害現場であるラブホテルを出た後で、憑依していた佐保梨の自我が抜け出て、カスミちゃんはもとの人格に戻ったわけだ。

身体を乗っ取られている間、自分がなにをしたか、というか、なにをさせられていたかも知らず、彼女は連れのオゥさんの姿が見当たらないことを多少不審に思いつつも、自宅へ帰った。佐保梨は犯行後、オゥさんの血液や体液をカスミちゃんの手から洗い流していたから、サコッシュを開けてみるまで、そこになにが入っているか、誰も知らなかった。眼球に気づいたカスミちゃんが、自宅に居合わせた夫の耳目もはばからず、悲鳴を上げて半狂乱になったため、事件が発覚。ざっとそういう経緯であったらしい。

「凶器のベルトからも、カスミちゃんの指紋が検出されたんでしょ。疑問の余地はないじゃないですか」

「しかしあの主婦の女はだな、三年前と、そして半年ちょっと前のふたりのマルガイとはなんの接点もないんだぞ、これが」

あくまでも同一犯人説に拘泥するＫＣである。普通に考えれば正気の沙汰ではないが、三年前の佐保梨の件は別として、半年ちょっと前の折茂なにがしとオゥさんを殺害したのは同一犯人、いや、同一思念というべきか。ともかくどちらも佐保梨の仕業だ。そういう意味でＫＣは、実情はただ頑迷固陋《がんめいころう》なだけにしろ、真相に迫っている分、なかなか侮れないと、おれだけはひそかに、ちょっぴり感心しているわけである。

いつにも増して静かな夜だ。客はカウンターのストゥールに座ったＫＣしかいない。

「なんかフルーツ、ちょうだい」

「リンゴじゃなくて、いただきもののナシがありますけど」

「お、いいね。それ、お願い」

果物ナイフでナシの皮を剝《む》いていると、出入口のドアが開いた。男女ふたり連れの客が入ってくる。

ふと胸騒ぎがした。男のほうが小太りで背はあまり高くないものの、ラテンアメリカ系かと思われるコーカソイドだったからだ。哲学者みたいに顎鬚《あごひげ》をたっぷりたくわえているが、メガネの奥の眼は幼い感じで、まだ二十代ではなかろうか。全体的に小狡《こずる》そうな風貌は、なんだかトカゲっぽい。

やはり二十代くらいとおぼしき、糸のように細い吊り眼の女は、日本人かどうかは不明だが、ともかくアジア系。長い黒髪を後頭部で束ね、おでこをめいっぱい露出させているのが、どこかしら公家《くげ》っぽいイメージ。

ふたりとも初めて見る顔だ。にもかかわらず、なぜかイエローフィーバーという言葉が頭に浮かんできて、おれは謂《いわ》れのない不安にかられた。

ふたりはKCからストゥールをひとつ空けて、カウンター席に並んで落ち着く。

「りょうほ、バーボン」と、トカゲ男は言った。やや訛《なま》りのある日本語で。「と、ボクはチェイサーを」

そして公家女はこう注文したのだ。「あたしはお水じゃなくて、ペリエで」

おれは頷《うなず》き、ラベルをふたりに向けてバーボンのボトルをカウンターに置いた。ショットグラスを、ふたつ。トカゲ男には普通のコップにミネラルウォーター、そして公家女にはペリエを注いだ……佐保梨のタンブラーグラスに。

やはりマッチングアプリかなにかで知り合ったのだろうか、トカゲ男と公家女は英語でなにやら楽しげに、低い声でお喋りしている。公家女はトカゲ男に笑顔を向けたままバーボンを舐《な》め、そしてタンブラーを傾けた。ごくりとペリエを飲み下す。

「……ん。どした。どしたの？」

トカゲ男、カウンターに頬杖《ほおづえ》をついたまま、眉根を寄せた。公家女の糸のように細かったはずの両眼がいきなり、炒《い》って爆《は》ぜ返った豆のようにまん丸く見開かれたのだ。宙を睨み据えたまま、しばし固まる。

「どしたの。サムシン、ロング？」と心配そうに顔を覗き込んでくるトカゲ男に、佐保梨に身体を乗っ取られた公家女は唐突に、にかっと笑ってみせた。

「ちょっとトイレ」と言い置き、さっさと奥へと消える。初めて来たはずの店にしてはその動作に迷いがないのに戸惑ったのか、トカゲ男、顎鬚を毟《むし》るようにして首を傾《かし》げた。

店内に沈黙が下りた。ＫＣがナシを、しゃくしゃくと咀嚼《そしゃく》する音だけが低く響く。

しばらくして公家女が戻ってきた。さきほどまん丸く見開いていた眼は再び細くなり、なにやら困惑の表情だ。そんな彼女と、おれの眼が、ふと合った。

「お客さま、なにかお困りですか」

公家女は、そのまま唇が裂けてしまうんじゃないかと危ぶむくらい口角を上げた。眼光鋭く笑みを浮かべながら、おれを睨みつけてくる。「あんた……まさか」

「なにかお探しものでも？　あ。ひょっとして、これですか」

先刻彼女がペリエを飲んだタンブラーのすぐ横に、もうひとつ、タンブラーを置いてみせた。もちろん半年前、オゥさんがトイレの天袋に隠していったものだ。

「どういうつもり」

「別に」歯茎とともに敵意を剝《む》き出しにしてくる公家女に、おれは肩を竦《すく》める。「どうやら、また新しい遊びを思いついたようだけど。そっちの主旨を、いまいち測りかねたものだからね」

「ふん。新しいお遊びをしようとしているのは、そっちでしょ。ずいぶん成長したようね、と言っていいのかしら」

「ヘイ、ユーガイズ」トカゲ男、芝居がかった仕種《しぐさ》で両腕をひろげてみせた。「ワッチュウ、トーキン、アバウ……」
なにごとか訊きたかったようだが、最後まで言い終えることはできなかった。

公家女がバーボンのボトルを鷲摑《わしづか》みにするや、凄絶《せいぜつ》な微笑はそのままに、それでトカゲ男の顔面を薙《な》ぎ払ったのだ。ゴッという呻《うめ》き声とともに、メガネが吹っ飛ぶ。トカゲ男は後ろ向きにストゥールから転げ落ちた。

「なッ、お、おまいさん、そりゃあいったい、なんのつも……」

慌てて腰を浮かすKC。その脳天へ公家女は両手で握りなおしたボトルを、幹竹割《からたけわ》りの要領で叩きつけた。ごんッという重量感のある衝撃とともに、KCは臀部《でんぶ》から床へと倒れ込んだ。頭部が肺のあたりまでめり込んでいて、頤が見えない。

ボトルを振り上げた公家女、さらに二度、三度とKCをめった搗《う》ちにした。カウンターといわず、壁や天井といわず、そして薄ら笑いを浮かべたままの彼女の顔面といわず、細かい蜘蛛《くも》の巣状の血飛沫《ちしぶき》がそこらを飛び回る蠅《はえ》さながらに宙を輪舞する。

汗で滑ったのか、公家女の手からボトルが、すっぽ抜けた。おれのほうへ飛んでくる。からくも避けたが、ボトルは背後のキャビネットを直撃し、粉砕。盛大なガラスの破砕音が響きわたる。

ぐもッと唸《うな》り声を上げ、トカゲ男は、ふらふら立ち上がった。眼の焦点が定まらず、メガネを探しているのか、倒れかけの独楽《こま》みたいに右を向いたり、左へ傾いたり。全身がときおり、びくびく、痙攣《けいれん》する。

ストゥールに飛び乗るようにしてカウンターを乗り越えた公家女は果物ナイフを鷲摑みにするや、切っ先をトカゲ男めがけて振り下ろす。屁っぴり腰でふらふら回転していた男は、ちょうど彼女に背中を向けたところだったため、盆《ぼん》の窪《くぼ》あたりを刺された。喉まで貫通されたらしく、床に倒れ込むとその口から野球ボールくらいのサイズの赤黒い塊りが、べしゃっと吐き出される。

「さて」ナイフが刺さったままのトカゲ男の尻を蹴って、公家女、すなわち佐保梨は改めておれを睨み据えた。「もうこれで邪魔は入らない。ひとつ、ゆっくりお話ししましょうかね」

「改めて話すまでもないんじゃないかな。おまえは、おれから逃げ出すつもりだった。それだけの話だろ」

具体的にいつ、どこでかまでは判らないが、佐保梨は他の女に憑依しているときに自分の交信ツールにそっくりのタンブラーグラスを見つけた。それをどこか、ボトルキープのできる店に酒といっしょに預けておく。おそらく〈シズリードール〉だろう。そして次回の娑婆タイムのときに、そのそっくりタンブラーを回収しにゆく。

むろん預けるときと回収しにゆくとき、佐保梨はそれぞれ別の女に憑依しているわけだから、そっくりタンブラーを受け取る際の合い言葉かなにかを〈シズリードール〉の従業員と取り決めてあったとか、そういう段取りだったのだろう。

「前回の婆婆タイムの際、おまえはこのそっくりタンブラーを〈シズリードール〉から回収してきた。そして、あのオゥさん、本名クリス・フェアレインという外国人に命じて、ここのトイレの天袋に隠させておいた。次回の婆婆タイムに、このそっくりタンブラーと本物のタンブラーとをすり替えられるようにするために、な」

もしも彼女の思惑通りにことが運んだら、佐保梨は今夜、そっくりタンブラーをダミーにして、本物のタンブラーを持ち去っていただろう。そして、どこかにアジトを据えて、そこで自分でペリエを補給し続ける。おれの手助けなしに、婆婆の空気を満喫し続けられる身分を手に入れようとしたわけだ。

「おれの眼の前でお使いをさせたクリス・フェアレインは口封じのため、殺す必要があった。しかし、彼だけ殺してしまうと、おれがその因果関係とおまえの企《たくら》みに気づくかもしれない。そう用心して、下準備として無関係な折茂なにがしを事前にまず殺しておいた。無差別連続殺人を偽装しようとしたんだ。おそらく今夜、まんまとタンブラーをすり替えた後はカモフラージュのため、誰か適当に無関係な人間をひとり選び、同じ手口で殺しておくつもりだったんだろ」

なにか言う代わりに彼女は、もう動かなくなっているトカゲ男の背中を踏んづけた。

「頭のおかしなサイコ野郎による無差別連続殺人であることを強調するために、おまえはその都度、被害者たちの眼球をくりぬいた。ただ、そうやって同一犯人であるという共通点を偽装するのはいいとして、どうしてそんな手口を選んだのかな」

「別に。特に意味なんかないわ。あたしがそのとき、どういう人間に憑依するかは、実際に乗り移ってみないと判らない。そのときの憑依相手の所持品なんか予想もできない。だから、特に道具なんかを必要とせず、素手でできる、いちばん派手な偽装はなにかと考えた。結果、あれがいちばん簡単で、効果的だった。それだけの話よ」

ということは佐保梨は自分の遺体が百武に眼球をくりぬかれたことを未だに知らないらしい。まあ、殺された後だったのだから、むりはないか。おれを出し抜くための無差別連続殺人の偽装として被害者たちの眼球をくりぬくという所業に及んだのは単なる偶然の一致だった、というわけだ。

「うまくやれると思ったんだけどね。失敗したか。まあ、いいさ。あたしの企《たくら》みに気づいたあんたがこうして、必死で阻止しようとした。その事実だけで、あたしは満足よ」

「まだまだおれは自分のことを追いかけてきてくれる。改めてそう思った、ってか？」

「そうだよ。あんたは、あたしから離れられない。あたしを手放すなんて、できっこないんだ。永遠に。あたしを失うくらいなら、死んだほうがましだ。そうなんだろ。ま、判ってたことだけどね。可愛いやつ。まだまだ楽しませてくれそうだよ」

「いや。残念ながら、もう終わりだ」

「なんだと」公家女は三白眼で、顎を突き出してきた。「なにを言ってる」

おれは無言で、ふたつのタンブラーグラスを手に両手に取った。

まず左手を振り上げた。そっくりタンブラーのほうだ。ぱりんッ。床に叩きつけられ、砕け散る。

「なッ……」

佐保梨が反応する前に、おれは右手も振り上げた。今度は本物の交信ツールであるタンブラーグラスだ。

床に叩きつけた。盛大に割れ、そこらじゅうに破片が飛び散った。

「なにをしやがるッ」

「言っただろ、もう終わりなんだ」

「ばかか。こんなことして。これで、あたしを殺したつもり？　え？　こんなやり方で自分が満足できるとでも思っているのか」

「思っていなかったさ。ほんの半年前までは、な。しかし」

おれはゆっくりとカウンターの後ろからでた。公家女の佐保梨と対峙《たいじ》する。

「だが、すっかり目が覚めたんだ」

「なんだと」

「おまえが逃げようとしたからさ。眼から鱗《うろこ》が落ちたよ。なんだ、この程度のやつだったのか、ってな」

「なにをわけの判らないことを」

「メッキは剥《は》がれたんだよ、もう」

「変わっちゃいない。あたしはなんにも、変わっちゃいない」

「そうかな？　そんな言い訳すること自体、昔の佐保梨からは考えられなかったぜ」

「痩《や》せ我慢しやがって。嘘だ。そんなものは嘘っぱちだ。あんたはあたしから逃れられないんだよ。まだ一度も、あたしの身体に触れてもいないくせに」

ずいと一歩前に出る。佐保梨は無意識だったようだが、半歩、あとずさった。

「心配するな」思い切り嘲笑《あざわら》ってやる。「もうおれは、なにもしない。おまえに指一本、触れなくてもかまわない。なぜなら、おれはもうとっくに、おまえを殺しているんだからな」

「タンブラーを壊して？　そんなことで、あたしを殺したことになると思ってんのか。とんだかんちがいだよ。なるほど、これで、あたしはもう、タンブラーには戻れない。他の女に憑依することも、もうできやしないさ。あと十二時間。あと十二時間、この女の身体を満喫したら、それでこの世ともおさらば。二度と娑婆の空気は吸えない。そんなことは判っている。そんなことは、ようく判っているんだよ。それでも、屁でもないと言ってるんだ。あたしのほうは、な」

「おれだって屁でもない」

「あんたは、あたしを永遠に失うんだぞ。もう二度と、他の女の身体を借りて、あたしを手にかけることはできないんだぞ」

佐保梨はじりじり、おれから離れようとする。隙を衝《つ》いて店から逃げ出すつもりのようだ。

「お望み通りにしてやろうか」

「なんだって」

「逃げたいんだろ？　このままだと、その女のなかに入ったまま、おれに殺されるかもしれないもんな」

おれはゆったりと彼女から離れた。

「あいにく、おれはその女の身体に触れるつもりはない」

「どうして……」

「そんな価値はないからさ。その身体はその女のものであって、おまえじゃない。だから殺さない」

「それでいいのかよ。これが最後のチャンスなんだぞ。あんたが自分で、めちゃくちゃにしちまったんだ。なにもかも。たいせつなタンブラーを壊して」

「最後のチャンスか。そんなものは、三年前にとっくに終わっていた」

「ま、賢人に先を越されちまったからね」

「いいや。そういう意味じゃない」

え、という呟きとともに佐保梨は黙り込んだ。

「たしかに賢人はおまえの胸を包丁で刺した。血を見て、おまえが死んだとかんちがいしたんだろう。現場から逃げた。でもあのとき、おまえはまだ息があったんだ」

「おい……」

「忘れたわけじゃあるまい？　あの夜、〈めぞん寿〉へおれを呼び出したのは、おまえじゃないか。賢人を出し抜きたきゃ、いますぐ来い、ってな。百武にも同じこと言って、呼び出したんだろう。賢人に加えておれたちふたり、三人を一堂に会させて、さて、それでどうするつもりだったのかは知らないが、ともかくおれもあの夜、〈めぞん寿〉へ行っていたんだよ。ただし百武が来るよりも前に。おまえを刺した賢人が立ち去った直後に。そして……」

「そして、どうしたんだ。まさか」

「パンストで首を絞めて、瀕死《ひんし》のおまえにとどめをさしたのは、このおれさ」

声がうまく出なくなったらしい。佐保梨は無為に口をぱくぱくさせ始めた。

佐保梨を絞殺した後、おれは〈めぞん寿〉から一旦立ち去った。その途中でマンションへ向かう百武と遭遇したのだ。

「直接の死因が窒息だと知って、賢人は不審に思っただろうが、警察には最初の自供を貫いた。佐保梨の命を見事、奪ったのは自分であるという称号だけは絶対に手放したくなかったんだな」

ふいに佐保梨は一気におれとの距離を縮めた。公家女の指が弾丸のように閃《ひらめ》き、おれの両眼を貫いた。意識を失いながら、おれは笑う。勝った。おれが勝った……と。

ハイ・テンション

〈エル・クリップ〉という雑誌を一冊、わたしは手に取った。女性下着の通販カタログ。お世話になるのは三度目だが、タンクトップブラ姿の今月号の表紙モデルは、これまででいちばん、わたし好み。

小振りの箱入りティッシュといっしょにレジへ持ってゆく。バイトとおぼしき若い女性従業員が一瞬、眉《まゆ》をひそめたように見えたのは、気のせいか。だとしても、まあ、むりはない。いまのわたしは本来の四十半ば過ぎのおばさんではなく、一見二十歳前後、中肉中背の男性なのだから。

それが半裸姿モデルたちの写真満載の女性下着の通販カタログ？　いっしょに箱入りティッシュ？　とくれば、あらやだ、おにいさんてば、まさかとは思うけどこれからどこかに籠《こ》もって緊急自家発電ですかあ？　とかって内心、半嗤《わら》いされてたりして。

財布のなかの運転免許証によれば、わたしがいまお身体《からだ》を使わせてもらっているこの男性、名前は宗川克嘉《むなかわかつよし》。〈シズリードール〉で蘇生覚醒《そせいかくせい》してすぐに化粧室の鏡でお顔を確認してみたところでは、わりとすっきり鼻筋の通った優男《やさおとこ》ふう。どちらかといえば幼い顔だちは、苦労知らずのお坊っちゃんタイプ。学生さんかしら、という第一印象に反して実年齢が三十九歳だと知ったときは、ちょっと驚いた。

いずれにしろ、世間的には爽やかな好青年というイメージで通っていそうな彼に、こんな妙に怪しげな組み合わせの買物をさせることについては少なからず心が痛む。そういえば前々回と前回もレジにいたのは同じ女性従業員だったけれど、もしやいま世の男たちのあいだでは女性下着の通販カタログで一発抜くのがひそかにトレンドだったりするのかしら、とかシュールな妄想癖を刺戟《しげき》していたりして。まあコンビニなんて性別、年齢、国籍人種を問わずいろんな利用客が訪れるわけだから、どういうひとがどんなものを買っていったとか、店側もいちいち気に留めたりはしちゃいないだろうけれど。

支払いをすませ、アーケードの通路側へ出た。腕時計を見ると、午後九時半。

コンビニの真向かいにある〈KOWA茶房〉というカフェの、ピクチャアウインドウ越しに拡がる店内はこの時間帯でも利用客でいっぱい。窓際のテーブルに陣取っているのは欧米系外国人男性とアジア系女性のカップルだ。このカフェの前を通るのもこれで三度目だけれど、常に同じ光景なのはもしかして、外国人を優先的に窓際の席に座らせて見栄えを華やかにするためとか、そういう店側の戦略なのかしら。

商店街を抜け、夜の市民公園へ出た。出入口付近に近未来的デザインに建物を新築したばかりの交番があるせいか、この時間帯にしてはやはり、けっこうな人出だ。少なくとも噴水のところで楽しげにたむろしている若者グループたちにとって凶悪犯罪など他人《ひと》ごとなのだろう。県警が情報提供を呼びかける、大きな掲示板に注意を向ける者はひとりもいない。たしか半年くらい前に起こった事件で、地元では有名な貸しビル業者の自宅に黒装束の集団が押し入り、金庫のなかの現金やら貴金属やら総額ウン億円相当を丸ごと強奪していったんだとか。へええ、ウン億円ですかあ。ま、庶民のうちらは一生お呼びでない話だよねえと、これはわたしだってそう白けるだけなわけですが。

繁華街のイルミネーションを遠目に、公園のトイレへ。ここも交番と同時期に改築されたばかりらしく、そこそこキレイ。

うっかり女子用に入りかけて、わたしは慌てて踵《きびす》を返した。やれやれ。もう三度目なのに、と言うべきか。はたまた、まだ三度目だから、と言うべきなのか判らないが、男子トイレに足を踏み入れる心理的抵抗は根強い。というか、半端ない。

いくらそこそこキレイといったって、しょせんは公衆トイレ。しかも男子用。あらゆるタイプの汚臭がほとんど物理的体積をもってまとわりついてくる。我知らず爪先立ちになり、いちばん手前の個室に入った。

とりあえず、買ってきたティッシュで洋式の便座を拭く。あ。ウエットティッシュにしたほうがよかったかな。そう悔やむのもこれで三度目であることに思い当たり、さすがにげんなり。ごつごつした男の肉体を文字通り自分の手足として取り回すだけで精神的にいっぱいいっぱいとはいえ、わたしってば、いっこうに学習しない。

ズボンごとブリーフを下ろすと、宗川くんのモノが勢いよく跳び出すのが判った。すでに勃起《ぼっき》しているようだ。これってつまり、わたしが興奮しているってこと？　里沙《りさ》ちゃんのことばかり考えているせいで？

おそる恐る顎《あご》を引いてみる。剝《む》き出しの男の下半身が視界に入ってきた。あまりのおぞましさに眩暈《めまい》がする。

これこそ、たった三度目くらいで慣れるわけがない。手を触れるのもイヤだったが、万が一こんな凶悪な代物《しろもの》が巨大な注射針のように里沙ちゃんを刺し貫いたりしたら、と思うと、ぞっとする。

嫌でも……嫌でも自分が宇苗正通《うなえまさみち》に犯されたときの痛苦が甦《よみがえ》り、気が遠くなった。里沙ちゃんがあんな目に遭うなんて、耐えられない。いや、彼女はわたしとちがってヴァージンではないだろうけれど、それにしたって、本来の自分のものではない凶器で里沙ちゃんを汚《けが》すような真似をするくらいなら、死んだほうがましだ。って。いやもちろん、わたしはすでに死者の身なわけですが。

掌《てのひら》で包み込むたびに宗川くんのモノは、びくんびくんとホラー映画で檻《おり》から逃げ出そうとする未知の怪物さながらに暴れ回る。やだよう、もう。いっそ鉈《なた》かなにかで切り落としてやりたい衝動を抑えながら、わたしは通販カタログの美しいランジェリー姿の女性モデルたちに意識を集中させた。

右手と左手で交互にしごいて、せっせこ、手淫《しゅいん》に励む。二発目の射精を終える頃には、すでに腕が痛くて筋が攣《つ》っている。

こちらは息も絶えだえだというのに、宗川くんの逸物《いちもつ》は元気にそそり立ったまま。いくら若く見えるとはいえもう四十間近なんだから少しは落ち着けよ、とか半泣きでツッコミを入れつつ、わたしはさらに奮闘。三発、四発、と死ぬ思いで都合五発、発射させる。さすがに個室を出るときには、ふらふらよろめき、転びそうになった。

通販カタログも箱入りティッシュも公衆トイレに置き去り。このマナー違反も三度目だが、ホテルへ持ってゆくわけにもいかないので、今回もかんべんしてもらおう。

いろいろ擦《こす》り過ぎてひりひり痛む身体の中心部を庇《かば》ってガニ股で歩きながら、一旦《いったん》アーケード内のコンビニへ取って返した。先刻のレジの女性従業員と眼を合わせないようにしている自分に気づき、苦笑。向こうは客の顔なんていちいち憶《おぼ》えちゃいませんよ。よしんば、あ、さっきの自家発電のおにいさん、また来てる、とか思われたって、別にいいじゃん。どうせわたしが宗川くんの姿でいられるのも明日の朝までなんだしさ。

その宗川くんの財布から、今度はキャッシュカードを取り出した。「そいつ、暗証番号は自分の誕生日にしているんですって」と〈シズリードール〉を出る間際に里沙ちゃんに耳打ちされていたので、彼の運転免許証の表記に従い、０９２４を押す。

「いくら引き出すかはもちろん、そのときの残高と相談だけど、どうせどいつもこいつもセコくてケチなやつばっかりだから、遠慮なく、ばんばん、いっちゃってくださいよ」とのお達しの通り。いちばん最初こそ十万円だったけれど、前々回は三十万円、前回は五十万円。そして今回はついに百万円の大台だ。おお、やった。どこの何者なのかは知らねど、おにいさん、景気いいね。

勝手に現金を引き出された宗川くんが後で、どれほど盗難だのなんだの騒ぎ立てて、警察に訴えようとも、防犯カメラの映像に記録が残っているのは彼本人の姿だけなのだから、とんだコメディである。そのことが重々判っていても、札束を上着のポケットに仕舞うときは、やはり緊張した。

相変わらずひりひりする股間《こかん》を気にしながら、大通りをてくてく歩く。〈ロイヤルカシードル高和《こうわ》〉の建物が見えてきたのは午後十一時前。ちょっとホッとする。前々回、前回ともに憑依《ひょうい》した男たちのタンクを公衆トイレで空にするのにわたしが手間どったせいで、ホテルに到着する頃には日付が変わってしまっていたのだ。

フロントを素通りし、エレベータへ向かう。〈シズリードール〉で里沙ちゃんからキャッシュカードの暗証番号の囁《ささや》きといっしょに手渡されていた客室のカードキーの番号は、1458。

十四……ふと、その数字に引っかかるものを感じたけれど、それがなにかはすぐに思い当たらない。

時間帯が時間帯なだけに、シティホテルの客室フロアは森閑としている。その静謐《せいひつ》さが却《かえ》って曰《いわ》く言い難い淫靡《いんび》なムードを醸《かも》し出し、街なかを歩くときよりも、もっと股間の棒状のモノを意識してしまうが、苦労して五発も抜いた甲斐《かい》あってか、さすがに勃起する気配はない。

1458号室のドアを開ける。真っ暗。カードキーをスリットに挿入すると、デラックスツインの内装が照明の光で満たされる。無人であることを確認し、とりあえず身体から緊張が抜けた。

いきなり里沙ちゃんとふたりきりになるよりは、少しでも心の準備をととのえる余裕のあるほうが、やはりありがたい。ふたつ並んだ豪奢《ごうしゃ》なセミダブルベッドを一瞥《いちべつ》し、リモコンでテレビを点《つ》けた。

賑やかな笑い声が室内の静寂を破る。深夜枠のローカル情報バラエティ番組だ。地元出身のアイドルとお笑い芸人のかけあいが耳障り。リモコンで音量を下げた。

室内を見回すと、応接セットのテーブルに大振りのクーラーボックスが置いてある。なかを覗《のぞ》くとチーズや生ハム、キャビアなど高価そうなお酒の肴《さかな》の数々。館内電話機の横には高和デパートの地下食品街に入っているお店の領収書が数枚。宛名《あてな》がどれも空欄になっているのは、今夜〈シズリードール〉でどの客を憑依対象として選べるのか、里沙ちゃんにも予測がつかなかったからだろう。宗川くんがどの程度の常連なのかは知らないが、予約でも入れてもらっていない限り、事前に彼の名前を使って高額な買物を済ませておくわけにもいかない。

それにしても領収書の総額が五十万円を超えていたのには、さすがにびっくり。備え付けの冷蔵庫を開けてみると、これまた高価そうなシャンペンが二本、白ワインが二本、入っていた。ラベルを見ても、どれがいくらぐらいするのか全然見当がつかない。

館内電話機の横に引き出してきたばかりの百万円を置く代わりに、わたしは領収書の束を宗川くんの財布に仕舞った。〈シズリードール〉で蘇生覚醒したのが午後九時前だったから、通称シンデレラアワー終了の十二時間後の明朝午前九時前に、わたしの自我はこの身体から消える。その前にホテルもチェックアウトしておくつもりだから、自分の身体を取り戻した宗川くん、半日ほどの記憶がすっぽり抜け落ちている状況に、さぞ困惑するだろう。財布のなかのおびただしい数の領収書や、口座から百万円引き出されている事実を突きつけられるに至っては、己れの夢遊病を疑うしかない。

もうしわけない、ごめんねごめんね、と合掌していると『ではここで、県内のニュースをお伝えいたします』という音声がテレビから流れてきた。見ると、女性アナウンサーの通山眞理奈《とおりやままりな》ちゃん。

こんな時間にローカルニュースをやっているとは知らなかった。そういえば、眞理奈ちゃんて何歳だろう。里沙ちゃんと同じくらいで三十前後に見えるけど、こんな遅くまでスタジオに居残りって、たいへんだなあ、と気分はすっかり保護者のそれである。

『速報が入ってきました。先日、市内の民家で起こった強盗事件で、県警は住居侵入、強盗致傷の疑いで外国人を含む男女三人組を逮捕しました』速報というだけにまだ関連映像はなにもないらしく、画面に出るのはテロップのみ。『逮捕されたのは自称イギリス人ALT、外国語指導助手のジェイムズ・クエイド三十二歳と他、女ふたりです。県警によりますと三人は共謀、市内の民家に押し入り、住人を脅して金庫を開けさせ、現金や貴金属、総額八億円相当を強奪した疑いが持たれています』

あ。市民公園の掲示板で情報提供を呼びかけていた、あの事件か。犯人が逮捕されたんだ。よかったよかった。これで安心して眠れるね。って。どうせ死んでいるわたしには関係ないわけだけど。

『なお先日、市内では会社員と自営業の男性が相次いで何者かに襲撃、殺害される事件が起きていますが、今回のジェイムズ・クエイド容疑者ら犯人グループの仲間割れに、ひとちがいで巻き込まれた可能性もあるということで、県警は殺人容疑も視野に入れ、慎重に捜査を進める方針です。では、次のニュースです』

眞理奈ちゃん、ちょっと我が強くて協調性に欠けていそうな顔だちだけど、やっぱりキレイで可愛《かわい》い……うっとり見惚《みと》れてしまう。彼女の身体に憑依して、里沙ちゃんを抱きしめたときの感覚と情景が甦《よみがえ》ってきて、そして唐突に思い当たった。さきほど十四という数字に引っかかった理由に。

そうだ。わたしが死んでから、正確に言うと自殺してから十四年目なんだ、と。当時、高和中学校二年生だった里沙ちゃんも、もう二十八歳。仮にわたしがいまも存命ならば、とうに還暦を過ぎた六十一歳ということになる。主観的には四十七歳のまま時間が止まってしまっているのに。改めてそう思うと、ただ茫然《ぼうぜん》。

鮮血の記憶が甦った。半裸姿の宇苗正通が床に横たわっている。胸や腹をわたしにメッタ刺しにされて。血の海に沈み、とっくに息をしていないのに、陰茎が湯気をたてて天を仰いでいるのが、なんとも滑稽《こっけい》かつグロテスク。たったいま、わたしの全身を破瓜《はか》の激痛で切り裂いた、その凶悪な硬度を保ったまま。わたしの純潔の証《あかし》も、彼の大量の返り血といっしょくたになってしまって、もはや区別などつかない。

（嘘でしょ。まさか、トモ先生、お皿だったんですか）と嘲笑《ちょうしょう》しているのか、困惑しているのか。（嘘でしょ、五十年近くも生きてきて、ほんとに一度もしたことがなかったんですか）そんな宇苗の声が実際に聞こえてきたかのような錯覚に陥《おちい》り、わたしは反射的にテレビを消した。勢いでリモコンが床に落っこちたが、拾い上げる気にもなれない。

「お皿」とはどうやら処女を意味する古臭い隠語らしいと察する余裕もない。ただ血糊《ちのり》を……接着剤みたいに自分の手と一体化してしまった包丁をなんとか振りほどこうと、ホラー映画のゾンビさながらの緩慢な動作で足掻《あが》いているうちに、わたしはベランダへと彷徨《さまよ》い出て。そこは六階だったか、七階だったか。錯乱したまま、胸壁を乗り越え……ピンポン。ピィンポォン。

ドアチャイムの音で我に返った。里沙ちゃんが客室へ入ってくる。

漆黒のボブカットにシックなパンツスーツ姿が優美で如何《いか》にも淑女然としている。中学校時代は黄金色に染めたツインテールに歌舞伎俳優そこのけのメイクで、なにかといえば「あんだてめ。殺ッすぞおるらあぁ」が口癖だったあのヤンキー娘と彼女が同一人物だなんてお釈迦《しゃか》さまでもご存じあるめえ、だわ。ギャップあり過ぎ。笑うしかない。

里沙ちゃん、上眼遣いに小首を傾《かし》げて「トモ先生？」と、こちらの中味を確認してきた。妖艶《ようえん》というか、小悪魔というか。

頷《うなず》いた拍子に生唾《なまつば》を呑んでしまう。いやいや、これはわたしじゃなくて、宗川くんの身体が彼女の色香に反応してしまったんだと言い訳しておくべきか否か真剣に悩む。五発抜いてきておいてよかった。でなければ、この場で即、里沙ちゃんを押し倒していただろう。それはもう恐ろしいばかりに確実。

「もう日付が変わってる」と言われて時計を見ると、午前零時を数分、回っている。「ずいぶんお待たせしちゃいましたね」

「ううん。わたしもいま来たところ」と宗川くんの声帯を使って、初めてまともな科白《せりふ》を発した。〈シズリードール〉を後にする際はお会計をしてくれる里沙ちゃんにお任せで無言だったし、公園のトイレではオナニーしながらの「あしッ」や「うぐッ」の圧《お》し殺した意味不明の喘《あえ》ぎ声ばかりだったからなあ。

「カウンターで何度も寝落ちして、なかなか帰ってくれないお客さんがいたんですよう。あー疲れたつかれた。とりあえず乾杯しましょ。ね。かんぱい」

里沙ちゃん、冷蔵庫からシャンペンを取り出し、栓を抜く。豪奢にきらめく泡をなみなみ注ぐのが、客室備え付けの湯呑みなのはやや興ざめだけど、お味は最高。

「ね、里沙ちゃん、今日のこの殿方、どういうひと」

「政治家志望って話だけど、現在は実質、無職みたいですね。亡くなられたお祖父《じい》さまが国会議員だったとかで、その影響で」

「あ。あの宗川さんかしら。昔、どこかで街頭演説を聞いたことがある。へぇえ。あの方のお孫さんなのね。まあまあ、立派になっちゃって。って、小さい頃にお会いしたことはないけれど」

「ご両親は政治家の道には猛反対らしいんだけど国政、県政、市政を問わず、選挙があるたびに立候補しまくって、そのたびに落ちまくっているという。まあ、裕福なおうちらしいから、別に喰《く》うに困っているわけではないんでしょうね」

「そうなんだ。じゃあまあ多分、だいじょうぶなのかなあ」

「あ。ひゃく、いきました?」無意識に館内電話機のほうへ流れるわたしの視線を追いながら里沙ちゃん、にかっと笑った。「すごい。ラッキー。どうやら彼、今日は、ってもう昨日か、キャッシュカードは使っていなかったんですね。限度額いっぱい、引けたんだ。よしよし。これで差額は四十万ちょい、いただけるから、あと何回かはツケで飲まれてもだいじょうぶ」

「そんなに渋ちんなの、このひと?」

「お金がないわけでもないでしょうに、ね。とにかくセコいんですよ。そのくせ、自分は他のお客さんとはちがうサービスを受けて当然、みたいな特権意識丸出しで。まあ、いずれほんとに議員さんにでもなったらこちらもお世話になるかもしれないけれど、それまでは、払ってもらうものはきちんと払ってもらわないと」

まるで自分たちのこの行為には正当性があるとでも言わんばかりだけれど、里沙ちゃんとわたしがやっているのはもちろん、れっきとした窃盗だ。ただ、その方法がかなり常軌を逸しているだけで。

なにしろ、これぞというカモを捕まえてはその人物にわたしが憑依して、本人のキャッシュカードを使うのだから、防ぎようもなければ被害届すら受理されない。警察が調べても、防犯カメラの映像に残っているのはATMを操作している被害者本人の姿だけだし。口座から金が消えたうえに知らないうちに覚えのない領収書の束が財布に詰め込まれている、とかなんとか必死で言い立てれば言い立てるほど、正気を疑われるだけ。なんともお気の毒。

なぜこんな魔法のような、掟破《おきてやぶ》りの犯行が可能なのか。前述通り、わたしは十四年前、職場で同僚教諭だった宇苗正通のマンションから転落死した……と思っていたらば、唐突に蘇生しちまったのである。ただし意識だけ。肉体のほうは、とっくに荼毘《だび》に付されて消滅していたのだが。

ベランダの胸壁を乗り越え、空中に躍り出た瞬間、ようやく宇苗をメッタ刺しにした包丁が手から離れてくれた。それがわたしの最後の記憶。いや、最後のはずだった。ところが突然、意識を取り戻したのだから、驚きを通り越して、ただ茫然。しかも人間としてではなく、烏龍茶《ウーロンちゃ》を注がれたコップとして、って、どういうギャグですか、これ。

「気がつきました？　トモ先生」とコップを覗き込んでくるクールで清楚《せいそ》な美女があのごりごり武闘派ヤンキー娘、里沙ちゃんであることや、わたしが墜死してからその時点ですでに十三年も経過していることなどなど。ひとつずつ懇切丁寧に説明されても、おいそれと受け入れられるものではない。とある隠れ里のような村に隠遁《いんとん》している謎の職人にわたしの遺骨を原料として預け、この交信ツールを造ってもらったのだという。

詳しい原理はなにも判らないのだが、ともかく普段はなんの変哲もない、ただのコップに見えるその交信ツールに烏龍茶を注ぐと、死者であるはずのわたしの幽体自我が賦活《ふかつ》され、周囲の人間とのコミュニケーションがとれるようになる。

烏龍茶はその機能を発動するための言わば電池がわりで、誰が飲まずともわたしが喋《しゃべ》るたびに消費され、減ってゆく。コップが空になるとわたしの意識はこの世から消え、冥土《めいど》へと引き戻されるというわけだ。電池である烏龍茶を注ぎ足せばその分、会話を延長できる。そういう仕組み。

俄《にわ》かには信じられないし、それ以上に不可解なことは他にもあった。（どうして……里沙ちゃんはどうして、そんな不思議な職人さんに、わたしの遺骨を託したの？　身内でもないのに）

「単なる好奇心ですよ。死者と交信できるツールなんて、そんなとんでもない代物がほんとうにあるのか、と。もしもあるのなら、ちょっと試してみたいじゃないですか、人情として。でもね、死んでいるひとならば誰でもいい、ってものでもないでしょ。あくまでも会話できるだけで、ほんとうに再会できるわけじゃないんだし。なまじ肉親とかだと、寝た子を起こすじゃないけど、死別の憾《うら》みや哀《かな》しみをいたずらに蒸し返したりすることになるだけかも」

（まあ、それはそうかも）

「かといって、あまりよく知らないひとを甦らせるのも、ちょっとね。そんなとき、トモ先生のことを憶《おも》い出して。昔は口やかましくて、うぜえおばはん、はよ死ね、とかしか思えなくて正直、苦手だったんだけれど」

（ご挨拶だわね。うざくて苦手だったのは、お互いさまだわ）

「でもよくよく考えてみたら、裏表がないっていうか。トモ先生ってどんな先生にも、どんな生徒にも、そしてどんな保護者にも、分け隔《へだ》てなかったでしょ。真面目な優等生にも、うちらみたくやんちゃな子らにも態度を変えたりせず、同等に接してくれてた。一本筋の通ったひとだったんだなあ、と改めて思い当たったから」

　こちらの死後とはいえ、そんなふうに認識を改めてくれたのだとしたら嬉しいな、と素直に思った。こうして、里沙ちゃんとわたしの奇妙な共同生活が始まる。

　もちろんわたしは普段はただのコップなので、自分ではなにもできない。外界の出来事はなにも感知できず、文字通り死んだままの状態である。

〈シズリードール〉という老舗《しにせ》のバーラウンジで働いている里沙ちゃんが独り暮らしのワンルームマンションへ帰宅するのは、だいたい日付が変わってからだという。そのときは死んでいるわたしとは挨拶もせず、とりあえず就寝。夜が明け、昼近くになってからその日最初の食事をする際に交信ツールのコップに烏龍茶を注いで、蘇生覚醒させたわたしとお喋り。話題は主に、わたしが死んでいたこの十三年間の世界情勢の変化などで、こちらはすっかり浦島太郎の気分。

　第三者が目撃したら里沙ちゃんが独りでコップ相手に腹話術の練習をしているようにも映りかねない、そんな場面を半年余りも繰り広げた。そんなある日のことだった、里沙ちゃんが「あたし、ちょっと試してみたいことがあるんです」と提案してきたのは。「もしかしたらトモ先生、ただこうしてお喋りするだけじゃなくて、生身の肉体に入って、自分で動き回れるかもしれませんよ」と。

交信ツールを造ってくれた職人に里沙ちゃんは、電池として注がれている状態の飲み物を口にしては絶対にいけない、と厳命されたという。その理由は教えてもらえなかったが、わざわざそんな注意をする以上、なにかよっぽどのことが起こるのではないか、と。

「例えば、いまトモ先生の自我賦活剤として作用しているこの烏龍茶を、わたしが飲んだとしますよね。そしたら先生、あたしの身体に乗り移れるんじゃないか……どうもそんな気がするんです」

結論から言うと、里沙ちゃんのこの予想は当たっていた。お店が休みの前夜に、試しにわたしの自我を賦活状態にしている烏龍茶を飲んでみたという。するとほんとうに、わたしの意識が里沙ちゃんの身体に憑依するという現象が起こったのだ。

何度か実験をくり返してみた結果、わたしの自我が里沙ちゃんの肉体に留まっていられるのはおおよそ十二時間。そのあいだ、乗っ取られる側の里沙ちゃんの意識は完全に途切れるかたちになる。外界からの刺戟、情報はいっさい感知できず、その半日間の記憶もまったくない。従ってわたしはその十二時間ものあいだ、里沙ちゃんの身体を借りて独り、無聊《ぶりょう》を託《かこ》つしかなくなる。

こうなると当然「これ、あたし以外のひとに飲ませても、同じ現象が起こるのかな」という発想が出てくるわけである。「ひとつ、お店で適当なお客さんを選んで、トモ先生を飲ませてみましょうか」

（え。でも、お酒を提供するお店で、わざわざ烏龍茶？）

「いい調子で出来上がっているお客さんに、さりげなく勧めるんですよ、酔い醒《ざ》ましにどうぞ、とかって。もちろん、そんなの要らないよって断られるかもしれないけれど、何人かに声をかければ、誰かは必ず引っかかるでしょ」

（どういうひとが引っかかるか、判らないんじゃ、なんだか危ないというか、リスキーな気がするんだけど）

「だってどうせ、どんなひとを容れ物に選んだところで、中味がトモ先生になることに変わりはないんですよ」

（あ、そうか。それもそうか）

首尾よくわたしが憑依できたとして、その後も問題だ。そのひとが独りならともかく、連れや知り合いが同席していたら、わたしはどう対応していいのやら。酔っぱらったふりをしてごまかすのも限界がありそうだし。なにか適当に口実をつけて中座するにしても、店の外で誰かめんどくさい相手に出喰わすかもしれない。十二時間ものあいだ、どうやって凌《しの》げって言うの？

「ですよね。よし。じゃあいっそ、誰にも会わないですむように、ひと晩、どこかへ閉じ籠《こ》もりましょ」

手順としてはまず、別人に憑依するわたしといっしょに過ごす里沙ちゃんのために、翌日は仕事がお休みの日を選ぶ。憑依人物が部外者の眼に触れぬよう隔離するための場所として、里沙ちゃんは事前にホテルの部屋を予約し、チェックインをすませておく。〈シズリードール〉で選んだ客に烏龍茶を飲ませてわたしの憑依覚醒を確認したら、中座する際に客室のキーをそっと手渡してもらう。里沙ちゃんのお店がはねるのを待つあいだ、わたしはひと足先にホテルに籠もるわけだが、その前にコンビニに寄って、憑依人物のカードを使い、ＡＴＭで適当に現金を引き出しておく……って。え、なんで？

「だって、ホテル代の足しとかにしたいし。いや。いやいやいや、死んでなお頭のお固いトモ先生のこと、そういう悪行は罷《まか》りならんとお怒りでしょうけれど。もう亡くなられているこ とだし、そこは柔軟に。ターゲットにするのは例えばツケの溜《た》まっているイヤな客とか、そういうの限定にしますんで」

〈なにをどう言い繕《つくろ》おうと、そんなのは窃盗です。窃盗。路上でカツアゲしているのと、

どこがちがうのよ）

「あー、なるほどね。普段から堂々と支払いをねぎったり踏み倒したりするやつら、ときどきほんとに、しばき倒してやろうかと思うんだけど、この方法ならばカツアゲみたく自分の手も汚さず、もっとスマートに巻き上げられますよねえ」とかって、へらへら軽いのり。見てくれは変わっても、中味は昔の里沙ちゃんだなあと、しみじみ。

生前のわたしならば絶対に、こんな犯罪行為の片棒を担いだりはしなかっただろう。が、自分でもなぜだか判らぬまま、結局は里沙ちゃんとの協力を承諾していた。

ひとつには、いまや自力ではなにひとつできない境遇であることも小さくない要因だっただろう。里沙ちゃんがいなければ蘇生覚醒はままならない。そればかりか彼女の気まぐれひとつで、交信ツールであるコップを割られたりしたら一巻の終わり。文字通り生殺与奪の権を握られているわけだ。

しかしどうも、それだけが理由ではないような気がする。だって、どうせ一度は死んだ身。自由意思で動き回ったりすることすらままならないのだ。再び死滅するならするで、なんの未練もない。

そんなわたしをこの犯罪行為に加担する気にさせたのは、現世への執着などではなく、提案する里沙ちゃんに、なにか変なテンションを感じ取ったからではないか。単なる悪ふざけではなく、裏になにか切実な動機が隠されているような気がする……という。考え過ぎなのかもしれないが、それがなにかを見極めたかったのかもしれない。

（簡単に言うけど、カードの暗証番号が判らないと、どうしようもないでしょ）

「そいつの財布に免許証とか保険証とか入っていたら、その生年月日を参考に。できれば、それまでの接客トークのなかで、そのひとがなにを暗証番号にしているのかをうまく訊《き》きだしておくとか、ね。それでもダメだったら、そのときは、手持ちの現金だけで手を打つってことにしてもいいわけだし。ね。なにごとも臨機応変に」

というわけで、いちばん最初にターゲットにしたのが地元ＫＴＶ高和の女性アナウンサー、通山眞理奈ちゃんだった。

もちろん、わたしが生きていた頃にはまだ十代でテレビにも出ていなかった娘だが、どうやら里沙ちゃんは、ときおり常連であるテレビ局の偉いさんのお供でやってくる眞理奈ちゃんのことが大嫌いらしい。かたちばかり入学した高校をわずか一週間で中途退学した元ヤンとしては、東京の有名女子大卒業という高学歴がまず気に喰わない。おまけに地元出身でもないのにわざわざ地方局に潜り込んだのは、いずれスキルアップして中央で独立するための腰かけのつもりという向上心丸出し。いや、これはあくまでも里沙ちゃんがそう見立てているという話で、真偽のほどは不明なんですが。それはともかく。

かねてより天敵と目する眞理奈ちゃんに一矢報《し》いるチャンスを窺《うかが》っていたのだろう。私情がからみまくりの人選というか、そもそもは彼女をなんとか陥れてやろうという邪《よこしま》な目的が先行して、里沙ちゃん、こんな悪巧みを思いついたのかもしれない。

眞理奈ちゃんのキャッシュカードの暗証番号は生年月日ではなく、苗字のもじりだった。トオリがトオで10、ヤマはマウンテンでテン、つまり1010。

眞理奈ちゃんに成り済ましたわたしは無事に現金をゲット。引き出し額は十万円。残高にもよるけれど、できれば両手の指くらいは確保してくださいね、と里沙ちゃんに言われていたので、その最低ライン。

このときは〈シズリードール〉から最寄りのコンビニのATM、そしてホテルへと直行したので、里沙ちゃんを待たせることはなかった。あるいは、それが災いしたのかもしれない。バスルームの鏡で通山眞理奈なる娘の容姿をしげしげと眺め回しているうちに、ひさしく忘れていた欲望が疼《うず》き始めたのである。自分が憑依しているのが女性の身体だという事実も油断を生んだ。つまり、ここでわたしがいくら出来心を起こしたとしても、里沙ちゃんが本当に嫌だったら抵抗できるはずだから傷つける心配はない、と思い込んでしまったのである。

仕事を終えた里沙ちゃんがホテルに到着するや、わたしは眞理奈ちゃんの唇を借りて、彼女にキスをした。思い当たってみればわたしは、彼女が中学生のときから里沙ちゃんに強烈に惹《ひ》かれていたのだ。夜の繁華街で他のヤンキーたちといっしょに車座に体育座りしてタバコをふかし、いちいち通行人にガンを飛ばす彼女を補導したときをはじめ、彼女にはずいぶん手を焼かされた。警察のお世話にもなった。けれど、それら一連の生活指導の過程すら、わたしにとっては間接的な愛情確認、ひそやかな前戯《ぜんぎ》の代替行為だったような、そんな気がする。

眞理奈ちゃんの唇を借りてのわたしのキスを受けながら里沙ちゃんは、なんとも哀しそうな表情を浮かべた。それはそうだろう。けれどそんな彼女のあたりまえの反応ですら、眞理奈ちゃんの身体に対するものであって、わたしという人格が拒絶されているわけではない、と。なぜだかそんな、自分勝手で都合のいい解釈をしてしまったのだ。

なぜだかも、くそもない。わたしは己れの欲望にただただ理性を失っていた。ベッドに押し倒され、裸に剝かれた里沙ちゃんは、やがて自らこちらの舌を積極的に吸い込み始める。後から思えばそれはわたしの乱心ぶりを憐《あわ》れんでのことだったのかもしれないけれど、こちらの誤解と興奮に拍車がかかったのはたしかだ。

わたしが己れのエゴイズムを痛感させられたのは、里沙ちゃんに上になられたときだ。両手をベッドに縫いつけられ、動きを封じ込められた体勢で首筋、脇の下、乳房とねっとりねっとり舐《な》め回される。宙へ撥《は》ね上げようとするこちらの脚の動きすら、巧みに押さえつけてくる里沙ちゃんの膝は眞理奈ちゃん（＝わたし）の股間に割って入り込み、ぬるぬる滑りをもって陰部を扱《しご》き上げる。執拗《しつよう》に熱を帯びて。

為《な》す術《すべ》もなく仰向《あおむ》けに組み伏せられている状況がわたしに、宇苗に犯されたときの絶望を想起させた。そこで初めて、人間の肉体と肉体とが物理的に接触する行為への根源的恐怖が湧いてくる。宇苗から受けた恥辱。それをそのまま里沙ちゃんに対して反復しようとしていた己れのあさましさ、罪深さにようやく思い至ったが、ときすでに遅し。

主導権は完全に、その里沙ちゃんに奪われてしまっている。彼女の下で魚籠《びく》から逃げ出そうとする鮎《あゆ》さながらに腰を撥ね上げ、のけ反って暴れまくる眞理奈ちゃん（＝わたし）はその都度、身体じゅうの敏感な部分をまさぐられ、あえなく押さえ込まれる。

濡《ぬ》れそぼった叢《くさむら》を擦り合わせ、お互いの壺《つぼ》から溢《あふ》れ出した蜜《みつ》をそのままこちらの口へ押し込んでくる彼女の指に、哺乳瓶《ほにゅうびん》を吸う赤児もかくやという勢いでしゃぶりつく。昔のイメージ通り、里沙ちゃんはサディスティックだった。狂気の淵《ふち》に滑り落ちる一歩手前までの快楽に畏《おそ》れおののき、泣いて赦《ゆる》しを乞《こ》うても手を緩めてくれない。そのくせ嗜虐《しぎゃく》一辺倒ではなく、ときおり慈母の如く繊細に唇を重ねてくる。その甘さに無我夢中で、のしかかってくる里沙ちゃんにしがみつきながら、いったい何度、歓喜の絶叫を絞り出しただろう。いつしかわたしの意識は、ぷっつり途切れてしまっていた。

そう。呆《あき》れたことにわたしは里沙ちゃんとの行為に没頭するあまり、他になにもできないうちにシンデレラアワー終了と相成ってしまったのである。それは翌日の午前八時頃、すなわち眞理奈ちゃんがその前夜に〈シズリードール〉で里沙ちゃんに勧められるまま烏龍茶を飲み、わたしが彼女に憑依してから、およそ十二時間後。

客室の窓から射し込んでくる陽光の下、飽くことなく汗と粘液で肌に肌を吸いつかせ、里沙ちゃんと舌を絡み合わせている途中で、わたしはふいに意識を失う。そして身体の本来の持ち主である眞理奈ちゃんは意識を取り戻した。というか、取り戻したはず。わたしは直接、見ていないけど。

後から里沙ちゃんに聞いた話では、いつの間にかホテルで、しかも素っ裸で女のひとと睦《むつ》み合っている自分に気づいた眞理奈ちゃん、パニックになって、ベッドから転げ落ちたという。里沙ちゃんはといえば慌てず騒がず、「どうしたのお、眞理奈ちゃん、チェックアウトまで、まだ時間あるよ。もっといっぱい、いっぱいしようよう。気持ちよくさせてえ。えー、なに言ってんの。そんな。ひどおい。憶えていないのお？　あんなに自分から迫ってきておいて、いまさら」と、わざとらしく拗《す》ねてみせたという。おまけに、こういう事態に備え、合意の上の行為である証拠として、彼女とのプレイ中の動画をスマホで自撮りしていたというのだから恐れ入る。道理で。こちらをよがり狂わせながら、なにかごそごそいじっているなと思ったら、そういうことだったの。

「すごい、里沙ちゃん、すごい。もっと。そこ。もっと激しく。めちゃくちゃにして。あそこも、ここも、全部。めちゃくちゃに」と普段ニュースを読み上げるときの凍《い》てついた美貌からは想像もつかない淫蕩《いんとう》な表情で、眼もとを真紅に熟れさせ、涎《よだれ》を垂らしておねだりする自分の動画を見せられた眞理奈ちゃん、いまにも卒倒しそうなほど狼狽《ろうばい》、困惑していたという。

「あたし、女のひととなんて、そんな趣味はありませんって、あれほど抵抗したのに。なのに眞理奈ちゃんたら、むりやり。このケダモノ。テクニシャンなんだからもう。キスだけで腰が抜けたの、あたし初めてよ。こんな身体にして。責任とって。もっともっと、いやらしいこと、教えてちょうだい」と里沙ちゃんにしなだれかかられた眞理奈ちゃん、半狂乱。可哀相《かわいそう》に身も世もなく涙ぐみ、ほんとにごめんなさい、里沙ちゃん、そんなつもりじゃなかったの、あたし、酔っぱらってたの、お願い、このことは忘れて、誰にも言わないで、一生の秘密にしてちょうだい、と土下座せんばかりに懇願し、ほうほうの態《てい》でホテルから逃げていったという。

「もう二度とお店には現れないだろうなあと思っていたら、なんと、眞理奈ちゃんてば、あの後も以前と同じように飲みにくるんですよ。知らん顔して。局のお偉いさんの誘いで断りきれないだけかもしれないけど、ときおりあたしを盗み見る眼がなんというかもう、もろに、じっとり潤んでいて。あれは本気で覚醒しちゃったのかも」と、けらけら笑っておもしろがる里沙ちゃんとはちがい、わたしは複雑。

眞理奈ちゃんにもうしわけないという気持ちもあるけれど、そっちは基本的にどうでもいい。己れの里沙ちゃんに対する欲望の深さに慄然《りつぜん》となったのだ。いくら射精を伴わない女同士の行為はエンドレスとはいえ、半日あまりも延々と彼女との爛《ただ》れた行為に耽《ふけ》っていたとは……色惚けなんてレベルじゃない。はっきり言って、わたしって危ない。生身の肉体を纏《まと》って里沙ちゃんに会ってはいけないヤツなんじゃないの？

そう戦々恐々としていたら、里沙ちゃんが次に憑依のターゲットに選んだのは男のひとだったものだから、あせった焦った。これでふたりきりで密室に籠もったりなんかしたひには、わたし絶対、彼女をレイプしてしまうじゃん。いや、里沙ちゃん側は存外平気で受け入れてくれるかもしれないけれど、そういう問題じゃないのよこれは。里沙ちゃんが男に抱かれるなんて、絶対にイヤ。どこか余所《よそ》でやってくれるならばまだしも、その現場に居合わせる、なんて。ましてやその男が他ならぬ自分自身の憑依体だなんて、考え得る限り最悪の事態だ。

推定年齢七十歳の男に憑依させられたわたしは〈シズリードール〉から、すぐに最寄りのコンビニへ向かった。ATMではなく雑誌コーナーへ。男の自慰行為にはなによりもまずオカズが必要、という先入観があったからだ。成人雑誌の類《たぐ》いは見当たらないし、どのみち男女の絡みなんかで興奮できるはずもない。表紙の美人モデルに惹かれて〈エル・クリップ〉を購入。そしてオナニーのお供といえばやっぱりこれよねと、これまた陳腐なイメージに従い、箱入りティッシュも。まとめて支払いをすませて、市民公園のトイレの個室に籠もったのだ。が。

そんな準備諸々《もろもろ》は結局不要だった。憑依人物の男根をもそもそ弄《いじ》りながら、これを里沙ちゃんにれろれろ舐めてもらったら……と、ちょっと妄想しただけで、たちまち、どぴゅッ。洪水並みに床に大量放出しても止まらない。鬼のように興奮し、せっかく買ってきた〈エル・クリップ〉を一ページも捲《めく》ることなく三連続発射してしまった。

ふらふら、よたよたコンビニへ取って返してATMで現金を引き出したのだが、金額を三十万円にしたのは眞理奈ちゃんのときよりも多め、かつ射精したのが三発、という頭があったから？　く、くだらん。けれど存外、こういう乗りで、ものごとを決めるのもありがち。

雑誌と箱入りティッシュをトイレに放置してきたことを途中で憶い出しても、わざわざ回収しにゆく余裕はない。慣れないことで意外に時間を喰って慌てて〈ロイヤルカシードル高和〉へ向かったら、お店がはねるのが早かったらしく、里沙ちゃんはもう来ていた。すると彼女を見た途端、びくんッとズボンのなかで男のモノがたちまち勃起。おいおい、三発も放出したのに？　どんだけ元気なんだよ。爺《じじ》いのくせに。

テントを張っている股間に気づいた里沙ちゃん、にまにまサディスティックに笑いながら爺いをベッドに仰向けに寝かせた。「やだあ、トモ先生ったら。そんなにぎんぎんに、おっ勃《た》てられたらあたし怖くてこわくて、おちおちお喋りもできなーい」って、ぶりっこしやがって、どの口が言うかそれ。「一発抜いて、落ち着かせましょ。ね。ね」と陰茎を剝き出しに。「でもお、うーん。あたし、このひと、あんまり好きじゃないんですよね。お口はともかく、手でならなんとかと思ったんだけど。それもなんだかなあ。よし。こうしましょ」と里沙ちゃん、パンプスを蹴《け》り脱いだ足でペニスを挟み込んだ。両膝を立てて上下に動かし、しこしこ、ぴゅッ。

三発抜いてきていたお蔭か、なんとかもう二発で落ち着いた。「わー、どろどろの、ぐっちゃぐちゃ。このパンスト、洗っても使えんわ。もう棄《す》てなきゃ。買い替えるから、ホテル代にプラスしてくださいね、先生」

さあ、こうなるとわたしも認識を改めざるを得ませんよ。もちろん憑依する男がどれだけ元気かにもよるけれど、わたしのこの里沙ちゃんへの劣情は三発抜いたくらいじゃ到底抑えきれないぞ、と。なのでその次の推定年齢四十歳の男に憑依させられたときは、〈エル・クリップ〉のページというページを捲って必死で妄想。がんばって五発、抜いた。マジで死にそうだったけど、これも里沙ちゃんを守るため。ちなみに、そのときコンビニに戻ってATMで引き出したのが五十万円だったのは、その五発という数字が頭にあったから、か。わーつくづく、くだらねー。けど、これも道がつくって言うのか。ちょっとちがうか。まあいいや。

しかし、どんだけ里沙ちゃんに欲情できるんだわたしは。五発も抜いてきたというのに、またもやひと足先にホテルに来ていた彼女を見た途端、フル勃起。オナニー覚えたての猿ですか。「しょうがないなあ、トモ先生ったら。でも、だいじょうぶ。今日はパンストの替え、持ってきてるから」というわけで再び里沙ちゃんの足にしこしこ、しごき倒してもらう。が、さすがにタンクはすっからかんになっていたようで、絶頂感とともに男の亀頭から放たれたのは空気の塊《かたま》りだけ。

さて。それら前々回、前回に続けての今日である。これまでの慣例に従えば、百万円引き出した以上、十発は抜いてこなければいけなかったことになりそうだが、そ、そんなご無体な。いくらなんでも五発が限度ですって。それでもやっぱり、里沙ちゃんを見て興奮してしまうわたしって、なんなの。

「宗川さんなら、まあケチくさいのはともかく、見てくれはそこそこだから、手でやってあげよっかな。あ。先生、シャワー、浴びてきてくれたら、フェラでいかせてあげてもいいですよ。で、それを動画に撮っておいたら将来、このひとが代議士になったとき、なにかと役に立つかもね」

シャンペンを早々と一本空けて、もう一本、取り出す。冷蔵庫の扉を開いている里沙ちゃんの右手から、ボトルを摑《つか》んでいる左手へとわたしは視線を移した。その彼女の左腕の前膊《ぜんはく》部分を、ぐるりと包み込むかのように白い輪の縞模様が何重にも刻み込まれている。よく眼を凝らしてみないと気づかない。わたしも里沙ちゃんの身体に憑依したときに初めて気づいた。

それがなんなのか、すぐには判らなかった。が、しばらくして思い当たる。リストカットの痕《あと》だ、と。

一旦そう気づくと、その白い輪の多さにショックを受ける。そんなに何度も何度も自殺を図ったの？　いったい、いつ頃？　少なくとも中学校時代にはなかったと思うのだが、わたしが気づいていなかっただけ？　いまでこそ透き通るような美白だが、十代の頃の彼女は健康的な狐色の肌のイメージが強いので、もしもこんな痕《あと》があったとしたら、かなり目立ったはず。

　そんな前膊部分を特に隠そうとする様子もなく、シャンペンを注いだ湯呑みを宗川くん（＝わたし）に手渡してくる。ついでにズボン越しに股間を、もにょもにょ。

「うん。だいぶ、いい感じに勃ってきた。なんなら手とか口じゃなくて、セックスセックスしてみますか」

「なに？　セックスセックスって」

　どうも男の声での女言葉というのも落ち着かないけれど、わたしとしてはこれで男言葉を喋ったりしたらもっと気分的に腰の据わりが悪そうなので、宗川くんにはかんべんしていただこう。どうせ明日には、なにも憶えていないんだし。

「昨年だったかな？　ＡＬＴで高知に派遣されてきたっていう、三十くらいのイギリス人の男がお店に通ってきていたんですよ。金髪碧眼《きんぱつへきがん》、筋肉むきむき。映画俳優ばりで、いかにもモテそうなタイプの。で、こいつがなぜだかあたしに熱心に、すり寄ってくるんだけど。くどこうとしてんのか、なんなのか、どうもいまいち、はっきりしない。ただ単純にクソ丁寧なだけなのか、メールとかでもやたらに日本語と英語をミックスしたがるんで、そのせいかもしれないんだけど。どうもめんどくさくなって、あるとき、ストレートに訊いてみたんですよ。あんた結局どうしたいの？　あたしとセックスしたいわけ？　って。

そしたらそいつ色をなして、大憤慨。婚前交渉なんてとんでもない、セックスはきちんと結婚を決めて、その後の話だろ、と」

「なにそれ。宗教的な理由かなにか？」

「なのかな。カトリックとかゆってましたし。これがあながち軽口でもなさそうで、大真面目だったから、じゃあなに、あんたまさか、その歳で経験ないの？　って訊いたら、いやに堂々と胸を張って、もちろんぼくはヴァージンだよ、と。英語って童貞のこともヴァージンって言うんですね」

「それって、ほんとのことなの。つまり、皮肉とか建前とかじゃなくて？　そんなにモテそうなタイプなのに？」

「そう思いますよね、誰だって。かといってゲイってわけでもなさそうだし。単にそういう潔癖症なだけなのかなと思ってたら、あるとき、謎が解けまして。やっぱりALTのニュージーランド人の女性と、これはお店でじゃなくて知人の紹介だったんですけど、お喋りしていたら、そのイギリス人野郎の話になった。そのニュージーランド人女性、勤め先の学校は別だったけど、地元のALT同士のコミュニティ内で彼のこと、よく知ってた。で、彼女は鼻で嗤《わら》うわけですよ。あいつが婚前交渉なんてとんでもない、とかって偽善ぶったきれいごとをいけしゃあしゃあと吐《ぬ》かしてるのは、単にセックスセックスはしないって意味に過ぎないのよ、だってその証拠に、適当に女の子を調達しては、しっかりオーラルセックスさせてるんだから、って」

「オーラルって、つまり口で？」

「そ。なにしろ金髪碧眼のハンサムさんだから、黙っていても白人フェチの日本人の女の子がわんさか寄ってくる。フェラチオさせながら、これはいわゆるセックスセックスじゃないからセーフだ、オレの純潔はちゃんと守られているんだ、とかご都合主義的な屁理屈で区別をつけて、女の子たちの顔に肉食系の臭いザーメン、ぶっかけまくってるってえわけです。セックスセックスって同じ単語を二回重ねるのが日本語の場合と同じニュアンスなのかどうかはよく知らないけれど、まあ、本来の生殖行為としてのセックス、というほどの意味なんでしょうね」

「要するに、性器結合したか否かでセックスなのかどうか決まる、と。じゃあ……」

じゃあこの前、眞理奈ちゃんに憑依して里沙ちゃんと交わした行為、あれはセックスとしてはカウントされないわけね。と、そう続けそうになる。たしかにお互いの股間を交差させ、陰部と陰部を擦り合わせることでクリトリスを刺戟し合ったりもしたけれど、厳密な意味での性器結合は果たしていない。さきほどの分類に従えば、いわゆるセックスセックスをしたわけじゃないんだ、と。そう主張しようと思えばできる……のかな？

「おやおや。さっきとは比べものにならないくらい、膨らんできた。いよいよその気になってきました？」

「あれれ、ほんとだ。やれやれ。あんなに必死で抜いてきたのに。どこに燃料が残ってるんだ。やっぱ若いわ」

「ていうと、どこかでオナニーしてきたんですか。ひょっとしてこの前も？　あたしよりもずっと早くお店を出たのに、後からホテルへ来たりして。どうも変だと。どこで寄り道しているのかと思ってた」

「公園のトイレで、ね」オカズの通販カタログと箱入りティッシュについては敢《あ》えて言及を避ける。「だって、嫌じゃない。どれほど自制しようとがんばっても、里沙ちゃんに反応して身体が暴走しちゃったら、どうしようもなくなる。少なくともわたし、制御できる自信ない」

「そんなこと、トモ先生が心配なさる必要はないですよ。あたし、イヤとなれば徹底的に抵抗しますから」

「それはそれで微妙。だって、相手の男がそれほどイヤじゃなかったら、暴走したわたしを受け入れる、ってことでしょ？」

「それはまあ、そのときになってみないと。ね。臨機応変に」

「嫌よそんなの。絶対にイヤ。里沙ちゃんを男の餌食《えじき》にさせる、なんて」

「あのですね、先生。長い話になりそうだからこれまで割愛してましたが、こう見えてあたしもそれなりの男遍歴があって、ですね。しかもけっこう、えぐい」

「判ってるわよ。そういうことじゃなくて。自分の手で、つまり本来の自分自身の身体ではない、男に変身している手で里沙ちゃんに触れ、汚してしまうのが耐えられないの、わたしは」

「でも実際にはエッチしちゃったじゃないですか、眞理奈ちゃんになったとき」

「あれは、だって……だって、あれは彼女は女なんだし」

「別人の肉体を使っているという点は同じじゃないですか。なのに、女はよくて、男はだめなの？」

「そうよ。ええ、だめ」

「なぜ？」

「それは……それは多分」どうせ死者の身、なにも失うものはない。「それは、わたしがレズビアンだから、なんでしょ。多分。あんまり自覚はなかったんだけど。ずっと昔から。そう認めざるを得ない」

「昔から、っていうと、あたしたちが中学生だったときから？」

「よく判っていなかったのよ、己れのセクシュアリティが。ほんとに、死ぬ直前まで。四十七歳にもなって男性経験が皆無なのは、単に出会いがないだけなんだ、と。別に男が嫌いとかそういうめんどくさい話じゃなくて、好きな相手さえいればフツーに結婚して、子どもも産む。そういう平々凡々な一生を送っていたはず。でも、たまたまそういう、生涯のパートナーとなるひととは巡り合わなかった。それだけの話。いえ、それだけの話だと思っていた。自分でも。思い込もうとしていた。それが……それが、とんだ自己欺瞞《ぎまん》だったと、思い知らされたわ、あのとき」

「あのとき？　というのは」口籠もっている宗川くんの双眸《そうぼう》のなかにわたしの姿を見つけようとでもしているかのように、じいっと、こちらを覗き込んでくる。「宇苗にレイプされたとき？」

「知ってるの。って、まあ、そりゃそうよね。もちろん自分では見聞きしていないけれど、わたしが彼を刺殺して跳び降り自殺したことはニュースにもなっただろうから。同僚の教師たちばかりじゃなくて、生徒たちのあいだでも、さぞやスキャンダラスなネタになっていたでしょう」

「いまさら蒸し返すのもなんですけど。当時あたしたちに聞こえてきたところでは、トモ先生は男嫌いのふりをして実は宇苗と付き合っていたようだ、と」

「げ。やめてッ」

「ところが宇苗は、ひそかに教え子の女子生徒とも付き合っていて、ふた股をかけていた。それがトモ先生にバレて、修羅場になった。要するに痴情のもつれが原因だったんだ、みたいな。なにしろ現場は宇苗が住んでいたマンションだったんだから、そういう話の流れも、わりとすんなり納得させられていたんだけど」

うなえ宇苗と呼び捨て連呼を貫くのは、あるいはわたしへの気遣いなのか。

「道徳的にも頭のお固いトモ先生が、同僚とはいえ独り暮らしの若い男の部屋へのこのこ訪れた、という事実もあったから。それは個人的に彼と深い付き合いをしていたからこそだろう、と普通は考える。でも、もしもそうじゃなかったのだとしたら、どういう経緯だったんです」

「独身の教職員ばかりで集まっての飲み会、という口実で呼び出されたの。あの頃、事務員も含めて男性女性ともに独身の職員がけっこういたから。そういう合コンみたいな乗りの会合がけっこうあった。そのメンバーのなかでもわたしがいちばん歳を喰っていたわけだけど。たまには趣向を変えて、引っ越したばかりの宇苗先生の新築マンションでホームパーティ形式です、と連絡を受けて。なんの疑いも抱かずに指定された部屋へ行ってみたら……他のひとは誰もいない」

「ホームパーティというのは嘘で、宇苗がひとりで待ちかまえていた。そしてトモ先生のことをむりやり」

「抵抗したけど、かなうわけがない。わたしの出血に気づいて、彼、ずいぶん驚いてた。いや、呆れてたのか、それともおもしろがっていたのか。とうのたったお局《つぼね》さんが処女って、あまりにもステレオタイプっていうか、イメージそのまんまだったのか。先生、まさかその歳でお皿だったんですか、って」

「お皿？　ああ、ヴァージンって意味ですか。なんだかセンスいまいちな」

「屈辱的だったのかなんなのか、気づくとわたしは包丁を握っていて……」

「どうして包丁なんかが、そこにあったんですか。もしかしてホームパーティという口実だったから？」

「部屋へ行って、まず案内されたのがキッチンで。ぼくは苦手なので代わりに果物とか剝いておいてくれませんかとかなんとか、もっともらしい前置きから始まったのよ。宇苗先生もそんなよけいな、芝居がかった真似をしなけりゃ、凶器なんてそこには……でも、わたしが正気を失ったのは、男性経験がないことを嘲《あざけ》られたからじゃなかった。むしろ、自分のほんとうのセクシュアリティをずばり、指摘されてしまったから……」

「レズビアンだってことを、ですか」

「実は一部の生徒たちが噂しているんですよ……と。宇苗はそう言った」とうとうわたしも呼び捨てモードに突入。「トモ先生はレズなんじゃないか、と。実際、そういう眼で見られているような気がする、と訴える女子生徒までいる。そんなこと、まさかと思ったんだけど、こうなってみるとトモ先生って、ほんとにそうだったんですか？　と。なんとも下卑《げび》た薄ら笑いを浮かべられて……」

「誰なのか、言ったんですか？」

「え」

「トモ先生にそういう眼で見られているような気がする、と訴えたという女子生徒。それが誰なのか、宇苗はそのとき、名前を言ったんですか」

ぽろぽろぽろっと止める間もなく涙が溢《あふ》れた。里沙ちゃんから離れ、わたしはベッドにへたり込む。内股で腰かけ、べそべそ嗚咽《おえつ》をこらえている宗川くんの姿はさぞや滑稽《こっけい》に映るだろうけれど、どうしようもない。

「言った……のか、言わなかったのか。よく判らない。けれどわたしは、その名前が宇苗の口から出てきたように思ったの。実際に出ていたかどうかじゃなくて、出てくることを確信して、恐怖した、というのが正確なところかもしれない。そんなことはどうでもいい。とにかく、わたしがほんとうに度を失ったのはそこだった。実際に口にしようがしまいが、宇苗が念頭に置いているのは里沙ちゃんにちがいない、と。その瞬間……」

ずしッと包丁の刃先が肉に沈み込む衝撃が甦り、眼前が真紅に染まる。

「殺すというより、彼の口を塞《ふさ》ぎたかった。宇苗の口だけじゃなくて、自分の口も。永遠に塞いでしまいたかった」

「なんで、なんですか」里沙ちゃんは、そっぽを向いてシャンペンを飲み干した。「なんであたしが宇苗にそんなことを言い上げている、とトモ先生は思ったの？」

「里沙ちゃんがどうの、じゃないのよ。要はわたしの問題。わたしは、ええ、わたしは里沙ちゃんのことが好きだった。授業にもろくに出てこない、暴力沙汰を起こして警察の厄介になるような問題児で。教師としてただただ手を焼くばかりだったあなたのことがわたしは、ええ、好きだったの。生徒として好もしい、なんて意味じゃなくて。ほんとに。心から。愛していた。こういう言い方も、いまならできる。でも、それは……それは赦《ゆる》されないことだった。世間体《てい》がどうのこうのじゃなくて、自分にとって」

「自分でも認めたくなかった、ってこと？　まあ、そうでしょうね。同じ女子生徒に好意を抱くにしても、もうちょっとおとな受けする可愛い娘っていうんならまだしも。あたしみたいなヤンキーじゃあねえ」

「どんなに破滅的で、めちゃくちゃであっても、あなたは可愛かった。いえ、見てくれの話じゃない。一見おしとやかそうに成長し、猫かぶりしている現在のあなたも、わたしにとってはただただ愛《いと》しい。それだけ。愛してる。わたしはあなたを愛しているの。ようやく告白できた。けれど、こうして口にしてみると我ながら気色《きしょく》悪い。ほんとに。里沙ちゃんだってそうでしょ。こんなこと、半ばむりやり聞かされて」

「気色悪いというか、一見おしとやかそうに猫かぶりとかって、さりげなく貶《けな》してくるあたりがトモ先生だなあ、と。そのとおりなんだけど。それはともかく。それほど愛しいと思うのなら、抱いてくださいよ。この前の眞理奈ちゃんみたいに。たとえ男の身体であろうと、あたしは気にしませんから」

「わたしが気にするの。だからこそ、勃てようにも勃てられないように必死になって、からっぽにしてきたんじゃない」

「なるほど。じゃあ役立たずの男のモノじゃなくて、ひとつこいつで、あたしを突き刺してみますか」

そう言って里沙ちゃんはバッグからなにかを取り出した。差し出されたのは、木製の鞘《さや》におさめられた果物ナイフ。

「え……なに。どういうこと？」

「よくある痴情のもつれ、ってやつですよ。どんなに恋い焦がれても自分のものにはならない相手を、絶望のあまり殺してしまう、という。ね。いまのトモ先生には、ぴったりのシチュエーションじゃありませんか」

「なにを言い出すの、急に。やめて。趣味の悪い冗談は」

「あたしが欲しいんでしょ？　あたしを抱いて、すべてを貪《むさぼ》り尽くしたい。眞理奈ちゃんのときのように。だけどいまは、この世でもっとも忌むべき男の肉体しか自分の思うようにはならない。いくらかりそめの自分自身とはいえ、男のモノであたしを汚すなんて、とてもできない。八方塞がりの絶望に耐えられないいくらいならば、いっそのことあたしをこれで八つ裂きにしちゃえば、どうです？　どうせこの身体は先生のものにはならないんでしょ？　それどころかあたしはこれまで、先生の与《あずか》り知らぬところでさんざん男たちの慰《なぐさ》みものになってきている。先生同様、レイプも何度か経験した。ああいうときの男って判で捺《お》したみたいに必ず瞳孔《どうこう》が開くんですね。ああ、こいつもやっぱ同じ眼をしてやがるわ、って食傷気味なくらい。どうせ汚れ切ったこの肉の塊り。せめて先生が愛の証として、自らの手で始末してくれたら、あたしも少しは浮かばれるかもしれない」

「やめてったら。やめなさい。ほんとに、どうしたのよ、急に。なにをばかなこと、言ってるの。わたしが里沙ちゃんのこと、傷つけられるわけ、ないじゃない」

「ふうん。でも、これを見ても、同じ科白を言えます？」

　里沙ちゃん、今度はバッグからクリアファイルを取り出した。なかには地元新聞の切り抜きが二枚。どちらも殺人事件を報じる見出しの部分が赤ペンで円《まる》く囲まれている。一枚目は『自営業の男性、遺体で発見される／殺人か』で、二枚目は『男性会社員、殺害される』とある。

「これが？　なんだって言うの」

「被害者の名前。見覚えないですか」

自営業の男性は加茂田博貴《かもたひろき》、六十八歳。会社員のほうは窪倉郷太《くぼくらごうた》、四十六歳。「あ……このふたり……まさか？」

　どちらも〈シズリードール〉の客で、加茂田氏は前々回、そして窪倉氏は前回、わたしがそれぞれ憑依した男性ではないか。「え。どういうこと？」

「重要なのは、その日付」

「日付？」記事を詳しく読んでみると、加茂田氏の死亡推定時刻は先々月の第二木曜日の午前中。そして窪倉氏は先月の第二木曜日の午前中。遺体が発見されたのはそれぞれ同日の午過《ひるす》ぎだ。

「判りました？　つまりふたりとも、トモ先生に憑依された翌日に殺されてる」

　適当なお客を選んでわたしの交信ツールの烏龍茶を飲ませるのが決まって水曜日の夜な

のは、里沙ちゃんのお休みが毎週木曜日だから。今回も、いまは日付が変わって、今月の第二木曜日。第一や第三ではなくて、第二水曜日のシフトの日にわたしのコップをお店に持ち込むようになったのには、特に意味はない。態のいい窃盗が絡むだけに、それほど頻繁にやるのも気が引けるし、わたしとお喋りするだけならコップに烏龍茶を注げば里沙ちゃんの自宅でいつでもできる。別人の肉体に憑依させるのは、いろいろ手間もかかるし、月いちくらいがいいだろう、と。

「それと殺害場所。どちらも同じ雑居ビルの裏路地で、記事にはそれ以上、具体的なことは書いていないけど。読むひとが読めば、あ、あの辺りか、と見当がつきます」

たしかに。記事の文脈からして、それは中心街のアーケード内の特定店舗のすぐ裏手であることが推察できる。「……これ、もしかして〈KOWA茶房〉の裏？」

「かもね。だとすると、トモ先生には個人的な心当たりがあるんじゃないですか？」

先々月と先月の第二木曜日の朝、加茂田氏と窪倉氏として里沙ちゃんと一夜を過ごしたシンデレラアワーの終了後。里沙ちゃんは、ひと足先にホテルを出る。時間差でわたしはフロントでチェックアウト。ちなみに部屋を予約する際、里沙ちゃんが使う偽名はいつも「時里馨《ときさとかおる》」に決めてある。わたしが憑依する人物が男性女性、どちらでも支障のないようにするためだ。

わたしのシンデレラアワー、すなわち覚醒時間が切れ、憑依人物が自分の意識を取り戻すのが何時何分になるか、細かいところまでは予測がつかない。〈シズリードール〉で烏龍茶を飲ませてからだいたい十二時間後、としか見当がつかない。なので少しばかり余裕をもってホテルを出たわたしは早朝から営業している〈ＫＯＷＡ茶房〉へ行って、そこで適当に時間を潰す。

憑依人物が自分の意識を取り戻したとき、それが例えば大通りを歩行中だったりしたら、びっくりしてその拍子に注意力がおろそかになり、交通事故に巻き込まれないとも限らない。せっかく身体を使わせてもらった相手が、こちらが無造作に外へ放り出したせいでそんな目に遭ったりしたら寝覚めが悪い。屋内の、例えばカフェの席に座らせておけば、とりあえずは安全安心というわけだ。本人の口座から現金を抜き取っておきながら、いまさら寝覚めが悪いだのなんだのもないもんだという気もするが、それはさて措《お》き。

「これで判りましたよね、なにがポイントなのかが」里沙ちゃん、なんだかむりして底意地悪げに振る舞おうとでもしているのか、笑顔が引き攣っている。「トモ先生が憑依した男たちが揃いも揃って、その翌日に、しかも同じ場所で殺されてる。あらまあ、これって偶然なの？　という」

「偶然……いや、ちがうでしょうよ。だって同じ場所で殺されているんだから。同一犯による仕業という可能性は高いわけで。被害者のあいだにどういう接点があったのかはともかく、犯人が同一人物ならば、偶然ってことはないわけで」

「いやいや、ちがいますって。先生。そういう意味じゃなくて。論点がズレてます。仮にこの加茂田氏と窪倉氏とのあいだにはなにか接点があって、ふたりとも同一犯に殺害されたんだとしましょうか。彼らがどういう理由で殺されたのかは別として、問題はあたしがまさに、このふたりを選んでいる、という事実なんです。判りますよね？　あまたいる〈シズリードール〉の客たちのなかから。トモ先生を憑依させる相手として、ね。それは、はたして偶然だったのか否か、と。そう訊いているんです」

しばし考えてみるが、どうも頭がうまく働かない。いや、里沙ちゃんがなにを言おうとしているのかは一目瞭然《いちもくりょうぜん》なのだが、改めてその意味を考えてみるのが怖い、というか。

「しかもですね、ふたりともトモ先生のシンデレラアワーの直後に殺されている。まるでそのタイミングを見計らったかのように、です。さあ、これでほんとうに、判りましたよね。これは、はたして偶然なのか？　仮に偶然ではないのだとしたら、どういうことになるのか」

「どういうことになる、って言うの。もしも偶然じゃなかったら？」

「他にないでしょ。おふたりはたまたま、ではなくて、特定の条件下で標的に選ばれ、そして殺された、という結論になる。そうでしょ。その条件とはすなわち、ふたりとも〈シズリードール〉であたしに眼をつけられ、お店の備品ではないコップに注がれた烏龍茶を飲んで、トモ先生に憑依された人物、というわけです」

「あり得ない。だって、そんな条件、いったい誰が知り得ると言うの？　里沙ちゃん以外に……」

里沙ちゃんの瞬《まばた》きもしない双眸《そうぼう》が迫ってくる。「そのとおり。あたし以外に知り得た者はいない。つまり、ふたりを選んだのと、ふたりを殺したのは同一人物だ、と」前屈《まえかが》みで、ベッドに腰かけたままのこちらの顔に息を吹きかけてくるその挑発的な仕種《しぐさ》が、なんともわざとらしい。「そういう結論になる。それしかあり得ないんですよ。論理的に考えれば」

「……動機は？　里沙ちゃんがふたりを殺したとして、理由はなんなの。そもそもどうして、わたしを憑依させたうえで彼らを殺さなきゃいけないわけ。同じ殺すにしても、そんな二度手間、かけなきゃいけない必然性があるとは思えない」

「あたしが加茂田氏と窪倉氏を殺す理由があるかどうか、という方向から考えても無駄なんです。だってポイントは、そんなことじゃない。要はトモ先生が憑依した人物を狙って殺す。これこそが重要なんだから」

「なんのために？」

「擬似的にしろもう一度、トモ先生のことを自らの手で殺してやりたいから……というのは、どうです？　中学生のとき、自分に対して、あからさまな性的関心を抱いてきた先生に対し、あたしはずっと憎悪にも似た生理的嫌悪を抱いていた。それはやがて殺意にまでエスカレートする。すでに死んでしまっている先生を、普通なら手にかけることは不可能ですが、他人の肉体に蘇生覚醒させれば、擬似的にしろ刺し殺される恐怖を与えることはできる。ね？　理屈でしょ？」

「そのためにわざわざ、わたしにかりそめの肉体を与えた、とでも？　ばかばかしい。里沙ちゃん、あなたの言っていることは支離滅裂だわ。もしもそれがあなたの動機ならば、わたしがまさに加茂田氏と窪倉氏とに憑依している瞬間を狙わなければ、なんの意味もないじゃない」

「うっかりタイミングを外してしまったんですよ。シンデレラアワーは、まだもう少し続くものと思い込んで殺してみたら、もうトモ先生の憑依時間は終わっていて、とっくにコップへ戻っていた、という」

「そんなへまをあなたが二件も続けて、やらかした、と？　そんな与太、わたしが鵜呑《うの》みにするとでも、本気で思ってるの。あのね、里沙ちゃん、どうやらあなたはなんとかしてわたしのことを精神的に追い詰めようとしているみたいだけど。ロジックが穴だらけで、説得力がなさすぎ」

宗川くん（＝わたし）は果物ナイフから鞘を外し、柄を握りなおした。「うかうかしていたら、誰かに憑依しているあいだに、あなたに刺されてしまう、だからその前にわたしは里沙ちゃんに反撃しなけりゃいけない、と。あなたがむりやりこじつけようとしているのは、ざっと、そういうシナリオなんでしょ？　だったら」

ナイフの切っ先を里沙ちゃんの喉元に突きつけた。「だったらお望みどおり、刺してあげるわよ。ここで、いますぐ。でもね、どうしてもわたしに殺して欲しいというのなら、もうちょっとうまく理屈を組み立てなきゃ。さっき言ったように、あなたのロジックは穴だらけよ。お話にもなりゃしない。わたしの手のなかで死ぬのがお望みならば、もうちょっとましなご託を並べることね。いいえ。無駄な前振りは、やめましょ。この際、ほんとうのことを白状なさい」

「じゃあ……じゃあ、トモ先生には説明がつけられるんですか、この謎に？　あたしが憑依体として選んだ人物がふたり続けて、シンデレラアワーの翌日に殺害されたのは、いったいどうしてなんです。言っておくけど、ただの偶然だった、なんてのはなしですよ」

「そもそも里沙ちゃん、あなたはわたしを殺す気なんて、ない。もしもあるのなら、眞理奈ちゃんのときに、やってたはず」

「そんな、規則性から外れたケースが一件あるから、なんてことは根拠になりません」

「それが、ちゃんとなるのよ、立派な根拠にね。実は、わたしもいま気づいたんだけど。同じわたしが憑依した人物でも、眞理奈ちゃんは殺されなかったのに、加茂田氏と窪倉氏が殺されたのには、ちゃんと理由がある。そしてその理由とは、あなたが犯人ではあり得ないという証左でもある」

不本意そうに睨《にら》んでくる里沙ちゃんに、ふと昔のイメージが被《かぶ》る。が、中学生のときほどの迫力はない。わたしがあまりにも自信満々なせいで、毒気を抜かれているようだ。

「加茂田氏と窪倉氏は、ひとちがいで殺されたのよ。あなたもニュースで見ていると思うけど、例の貸しビル業者の自宅を襲撃した、強盗事件の犯人グループに」なにか言いたげな里沙ちゃんを掌で制した。「詳しいことは明日のテレビか新聞の報道で確認してちょうだい。逮捕された犯人グループの仲間には、あの〈ＫＯＷＡ茶房〉の前のコンビニの女性従業員も含まれているはず」

こちらの正気を疑っているみたいに顔をしかめた里沙ちゃんだったが、とりあえず最後まで聞いてみることにしたようだ。

「ざっくり想像してみるに、主犯とは別に、強奪した貴金属類を処分する手筈《てはず》になっていた仲間がいたんでしょう。連絡係のコンビニ従業員はその仲間の顔を知らなかったけど、合い言葉がわりのサインは決めてあった。それが〈エル・クリップ〉だった」

「え。なんですかそれ？」

「女性下着の通販カタログ。それと箱入りティッシュをセットで買う客がいたら、それが連絡係であるという合図だった。レジをすませて市民公園のトイレのなかで、現金なのか宝石なのかは判らないけれど、約束していた取引の受け渡しが行われるはずだった。主犯の自称イギリス人はコンビニのすぐ前の〈ＫＯＷＡ茶房〉の窓際の席で、いつでも動けるように待機している。共犯のコンビニ従業員の女から合図を受けたら、すぐに当該の客のあとを尾《つ》ける。ところが、連絡係のはずの男が立ち去った後のトイレの個室を調べてみても、〈エル・クリップ〉と使いかけのティッシュの箱しか残っていない。どういうことかと戸惑っていたら、夜が明けて、その男がのこのこ〈ＫＯＷＡ茶房〉へ戻ってきたものだから、捕まえて、問い質《ただ》す。わたしの自我が抜けて自分の意識を取り戻したばかりで、わけが判らない男がどういう反応をしたかは知らないけれど、ひとちがいに気づいた犯人グループは、このままその男を解放してはまずいことになると、ひと思いに……」

「そんな、とんでもないかんちがいが、二件も続けて起こった、って言うんですか」

「なにしろ女性下着の通販カタログと箱入りティッシュをセットで買うなんて、普通の男は、まずしないでしょ。ましてやその後、必ず公園のトイレに籠もるだなんて。そんな偶然が二回も三回も続くなんて、普通は思いもしない。もしも犯人グループが昨夜、逮捕されていなかったとしたら宗川くんも朝、〈KOWA茶房〉へ戻ったところで、彼らに接触されていたでしょう。で、わけも判らず、殺されていた。いや、さすがに三度目となったら犯人グループも、なにかおかしい、と気づいていたかも。まあいいわ、そんなことは、もはやどうでも」

わたしはナイフの切っ先を宗川くんの鼻へと向けた。「あなたがわざわざ、わたしを憑依覚醒させることで生身の肉体を与えたのは、カモたちの口座から現金を巻き上げるためでもなんでもなかった。ただわたしに、自分を刺し殺させようとしたのね。そのために何回か蘇生覚醒をくり返してチャンスを窺っていたけれど、どうもうまくいかない。そんなとき、加茂田氏と窪倉氏が続けて殺害された事件を知って、これは使える、と思いついたんでしょ。着眼点はなかなかよかったけれど、詰めが甘すぎ」

「なにをするのッ」ナイフの切っ先が宗川くんの眼球へ吸い込まれそうになるのを見て、里沙ちゃんは悲鳴を上げた。「どうしようっていうんですか、先生」

「翌朝、血まみれで息絶えた宗川くんがここで発見されたら、いっしょにいたあなたは殺人容疑で警察に逮捕される。そういう筋書きはいかが？　もしもあなたがほんとうに自分の罪を償いたいのなら、ね」

宗川くん（＝わたし）へ伸びかけていた彼女の手が空中で痙攣《けいれん》とともに止まった。

「わたしをレイプするよう、宇苗を唆《そそのか》したのは、里沙ちゃん、あなただったのね」

「うざかったのよ、なにかといえばお説教して、あたしにちょっかいをかけてくる先生のことが。なんとかならないのって宇苗のやつにこぼしたら、あのおばはんが四六時中ぎゃんぎゃん口やかましいのは欲求不満なのさ、ひと並みに男の味さえ覚えれば落ち着くだろう、おれに任せとけよ、って」

「お望みどおり、静かになってあげたのに。なんでいまさら、十数年も経《た》ってこんな、うるさいおばはんを甦らせたりしたの」

「殺して」

里沙ちゃんは掌を上向け、両腕を突き出してきた。そこには白い縞模様《しまもよう》に浮かび上がる、無数のリストカットの痕が。

「死ねなかった。死ねなかったのよ。何度やっても。トモ先生のあとを追おうと思って。必死で。何度も何度も。やってみたけど、だめだった。ええ、トモ先生が心配していたとおり。あたしはだめなやつなの。いつまで経っても。とことんだめなやつ。ちゃんと死ぬことすら、できない。だから殺して。その手で。あたしを殺してちょうだい。お願い」

里沙ちゃんの嗚咽《おえつ》に、ナイフが床に落ちる、乾いた音が重なる。

解　説

霜月蒼

西澤保彦は怖い。彼の書くミステリは、一見すると軽妙であり軽快であり、何よりロジカルだ。ロジカルであるからこそ、西澤保彦は名作『七回死んだ男』などによって、いわゆる「特殊設定ミステリ」の第一人者となり、世界的にも特異なタイプの謎解きミステリを日本に定着させた。厳密なロジックがなければ、特殊設定ミステリは「何でもあり」になってしまってミステリとしての快感を生むことはできない。西澤保彦はストイックなまでに「論理のエンタテインメント」であることにこだわるミステリ作家なのである。

だがしかし。

たしかに西澤保彦のミステリには、どんな作品であれロジカルさが背骨として律儀に仕込まれている。けれども、エラリイ・クイーンや都筑道夫《つづきみちお》の論理ミステリが持つような数学的なクールさとは違った肌合いを、ときおり西澤ミステリは見せる。ロジックのクールさからはみでる奇妙な温度感。病的な人肌の生暖かさとでもいうか。例えば代表作のひとつである『依存』のような作品に、そうした有機質の怖さのようなものがたしかにある。本書『沈黙の目撃者』もそのひとつである。そうした怖さ——確固たるロジックからはみ出してにじみ出る異様な何か——を堪能《たんのう》できる。本書は五編収録の連作短編集で、登場人物が一部重なったりするが、基本的にはそれぞれ独立した短編となっている。「連作」というのは、全作がある「設定」を共有しているから。つまり本作も西澤流の「特殊設定ミステリ」のひとつだ。

まずは各編について——問題の「設定」をネタバレしないかたちで——ご紹介しよう。

①「沈黙の目撃者」

退職刑事が自宅で絞殺《こうさつ》された。被害者の後輩である刑事は、現場の「ある違和感」に気づく。被害者は完全な下戸《げこ》だったのにビールをビアマグで飲んでいたかのような形跡があり、ビールの空缶でいっぱいのゴミ袋も見つかったのだ……。「沈黙の目撃者」という題名がほのめかす「特殊設定」が明かされるのは解決の直前。さらにそこからロジック派の西澤保彦の真骨頂が展開される。探偵役がふいに発する「＊＊＊で最近、なにか不審な出来事があったとか、聞いていませんか?」という質問ではじまる推論はアクロバティックで、安楽椅子探偵ものの大名作ハリイ・ケメルマンの「九マイルは遠すぎる」を私は思い出した。

②「まちがえられなかった男」

既婚でありながら、ある女とデートの約束をとりつけるもドタキャンされた男が主人公。女が連続射殺事件の被害者となったと知った男は、女との出会いの経緯を回想する……。連続殺人の被害者の共通点、女と主人公の会話に仕込まれた伏線、そして事件の真相に直結する「女がデートをすっぽかした理由」と、意外な真相のつるべ打ちが見事で、主人公の軽薄さ含め、無駄がひとつもない。本書には①の被害者である麻薙刑事が登場。時系列的には①の一年ほど前にあたり、問題の「特殊設定」に麻薙がかかわることになった経緯が語られている。

③「リアル・ドール」

「あたし」で語る主人公が、かつて肉体関係のあった男・美濃部に復讐するため、その原因となった壮絶な愛欲劇について語ってゆく。強烈な性愛描写が連続し、それを綴《つづ》る文章も「吸いまくりの、舐めまくりの、しゃぶりまくり」といった調子の露悪的な軽薄体なので鼻白《はなじろ》む読者もいそうだが、一六六ページの「いい機会だから、三人でいっしょにやろうじゃないか」というセリフあたりで、すべてが非道徳のおぞましさに裏返る点に注意。そこまで積みあがってきた悪趣味さが、まるっと陰惨さに転化するのである。これが西澤ミステリの怖さだ。ミステリ的な意外性も二つ用意されており、とくに復讐される美濃部の主観を逆手《さかて》にとるトリックがいい。この「特殊設定」あってこそのトリックなのだ。

④「彼女の眼に触れるまで」

「特殊設定」を利用して、かつて恋していた女・佐保梨の欲求をかなえてやっているバーテンダーが主人公。泥沼の四角関係を原因とする過去の殺人（これがまた過剰に陰惨なのだが）と同じ手口の殺人が発生、主人公は佐保梨に振り回されていた自分たちの過去を追想する……。いわゆる「悪女《ファム・ファタル》」ものというべき一編。①②を受けて③で深められた「特殊設定」の細かなルールが駆使され、さらに深掘りされている。主人公と悪女・佐保梨のたくらみ合戦がミステリとしての興趣になっているが、印象に残るのは、主人公はじめ佐保梨の周囲の男たちの、恋の妄執《もうしゅう》にねじ曲げられた行動原理の異様さだろう。

⑤「ハイ・テンション」

かつての教え子である里沙への恋愛感情ゆえに、里沙の犯罪に手を貸してしまう元教師の女が語り手。これも軽薄な語り口で露悪的な性行為を描いて悪趣味な滑稽味《こっけいみ》を醸《かも》し出している点が③と共通する。最終的に描き出されるのが、性行為の裏にコインの表裏のようにして貼りついている性暴力の陰惨さである点も同様である。最後から二行目におかれた絶叫の痛ましさも忘れがたく、ここにいたって軽薄も滑稽も猥褻《わいせつ》も、欲情をあおるポルノ性をはぎとられて性暴力の痛みを映したものに変わる。その一方で、滑稽な性描写の中に連続殺人の真相の手がかりが隠されているあたり、じつに油断ならない。

以上五編、いずれもロジカルなミステリとしてキッチリ仕上げられている。とくにハリイ・ケメルマンや都筑道夫を思わせる論理のアクロバットが見られる①と⑤、会話のダブルミーニングを駆使した手がかりがアガサ・クリスティーをも想起させる②など、ミステリとしてじゅうぶんに高品質だと思う。だが注目したいのは、③以降の作品の怖さ。とくに「リアル・ドール」と「ハイ・テンション」に顕著な怖《おそ》ろしさだ。どちらも語りが突出して猥褻で軽薄で露悪的となっていて、それゆえに悪趣味で滑稽に見えていた出来事が、おぞましく陰惨な意味を持っていたことが最終的に告げられる。そこが怖ろしい。その転回が。軽薄さと陰惨さの落差が。

さて、さきほどから私は「ロジック」という言葉を無造作に使ってきたが、ではミステリにおいてロジカルであるとはどういうことか。謎解きミステリとは、ひとの死をネタにして論理のゲームを展開する小説である。死から――生命を破壊された死体から――感情を切り離して、ロジック操作のためのモノとして扱うこと。そういう罪深さがミステリという文学の根底にひそんでいる。ロジカルであるというのは、そうした死の記号化を徹底するということだ。

死を共感の対象ではないものとして扱うこと。悲劇を感情移入を断ち切って対岸から眺めるということ——これは喜劇の基本姿勢でもある。だから西澤保彦のミステリがロジカルでコミカルなものとなるのは必然と言える。そこに恐怖がにじみ出すのは、ロジカルさとコミカルさでは脱臭できないほどに陰惨なものを描いたときなのだ——「リアル・ドール」や「ハイ・テンション」で描かれる性暴力のように。ミステリとは本質的に暴力的でグロテスクなものなのであり、ゆえに罪深く怖ろしいのだということを、西澤保彦はロジカルでコミカルであることを利用して読む者に突きつけてくる。私たちがそこから目をそらしてミステリを愉《たの》しんできたのだ、という事実を突きつけてくる。だから怖い。居心地が悪くなる。

そんなふうな「罪深さ」の暴露が、「リアル・ドール」と「ハイ・テンション」ではミステリのみならずポルノについても行われていることにも触れておきたい。そもそも性行為は、「同意」を失った瞬間に加害行為に変じてしまうものだ。しかしポルノという物語は（あるいは個々人の性的な妄想というものは）、欲情の喚起《かんき》という機能のために、そうした性行為の暴力性を隠蔽《いんぺい》して成立している。「リアル・ドール」で、隠されてきた真相が明らかとなってミステリ的驚愕が訪れるとき、それは同時に、それまでのポルノ的な物語に「同意」がなかったことを明らかにして、すべてを陰惨な暴力の物語に変貌させてしまう。「ハイ・テンション」では、主人公が同意にもとづく性行為にさえ暴力性を読み取ってしまう場面が描かれている。ラストの悲痛な叫びも、性的な衝動を自己破滅の衝動に書き換えてしまう。ここでも私たちは、活字で綴られる物語というものの欺瞞《ぎまん》を突きつけられているわけである。「リアル・ドール」や「ハイ・テンション」、あるいは『依存』や『身代わり』は、読者に向かって牙《きば》を剝《む》く危険な小説なのだ。

ミステリもポルノも罪深い愉しみであるということを、西澤保彦は私たちに突きつける。本書を悪趣味だと感じてとまどう読者もいるかもしれない。しかしそれは、あなたの心のどこか根っこの部分が揺さぶられている証拠である。露悪も軽薄も悪趣味も、伝えるべきことを伝えるために西澤保彦が選びとった手段であり、書き手としての誠実さの証《あかし》なのだ。だから西澤保彦の小説がもたらす怖ろしさは、じっと嚙《か》みしめる価値がある。

二〇二二年一二月

この作品は２０１９年10月徳間書店より刊行されました。
なお、本作品はフィクションであり実在の個人・団体などとは一切関係がありません。

徳間文庫

沈黙《ちんもく》の目撃者《もくげきしゃ》

2023年1月15日　初刷

著者　西《にし》澤《ざわ》保《やす》彦《ひこ》

発行者　小宮英行

発行所　株式会社徳間書店

東京都品川区上大崎三―一―一　〒141―8202
目黒セントラルスクエア

電話　編集〇三(五四〇三)四三四九
販売〇四九(二九三)五五二一

振替　〇〇一四〇―〇―四四三九二

印刷
製本　大日本印刷株式会社

ISBN978-4-19-894819-1　(乱丁、落丁本はお取りかえいたします)

徳間文庫の好評既刊

青崎有吾

ノッキンオン・ロックドドア

密室、容疑者全員アリバイ持ち――「不可能」犯罪を専門に捜査する巻き毛の男、御殿《ごてん》場倒理《ばとうり》。ダイイングメッセージ、奇妙な遺留品――「不可解」な事件の解明を得意とするスーツの男、片無氷雨《かたなしひさめ》。相棒だけどライバル(?)なふたりが経営する探偵事務所「ノッキンオン・ロックドドア」には、今日も珍妙な依頼が舞い込む……。新時代の本格ミステリ作家が贈るダブル探偵物語、開幕!